U0781527

我的心里
住着一个人

应赛红　著

台海出版社

我曾经在山的那面找寻海，
也曾经在海的那面遥望山。
这一片心中的山海，
始终未曾放下。
而有些人，
亦不能割舍。

写给离开我们的人，
陪伴过我们的人，
那些甜蜜的时光以及孤独的等待。

爱是我们认识世界的方式

（自序）

一

有一次我看电视访谈节目，其中采访的嘉宾说了一句话让我印象深刻，她说："人这一辈子，一定会在不同的时期爱上不同的人。"

如果说人的一生是一个动态的过程，那么感情当然也是。

我身边有很多的女性朋友，一坐下来谈的都是婚姻和感情事；后来我和几个男性在一起，也会偶尔聊起这些事。我觉得感情对一个人真的太重要了，被爱过被珍惜过的，往往内心存着美好，而感情经历是空白或不顺的，生活和工作中痛苦和烦恼就多。有一次和一个离婚了的男性在一起，他说他在离婚的头几个月，天天泡在一个论坛上看别人发的帖子，想看看别人对于婚姻是怎么解读和应对的。那时候我突然想，在这个剧变下的时代，我们这代人的情感路，到底要往哪个方向去呢？

所以记录下这个时代中发生的故事，讲述一些或好的或坏的感情经历，算是与有过各种境遇的人，分享似曾相识的感受吧。

原来我有过的困惑、痛苦、快乐，别人也有过。

原来我有过的情感的冲撞、艰难的选择，别人也一样有过。

看到过别人的痛，才能对生命有更多的理解。在我们人生的路上，是不是也是一种反观和照射，原来人活着有各种各样的难。当你明白了这些，就会释怀和接纳，也对别人有更多的宽容和理解。

这对个体是种加持的力量，对社会也多了些和谐的态度。

能够正确看待感情，才能够理性对待他人，顾及对他人的情感，这是一种不偏颇的态度。

年华逝水空留余恨，但愿你爱过，痛过，哭过，笑过，却不曾记恨过。

这是我写这本书的初衷。

把你所经历和发生过的，都当作一种生命中汲取的养分，滋养你未来的年华。

不管前路多难。

二

这个时代是一个很好的时代。

是一个多变的时代，是一个貌似颠覆传统的时代，也是一个浪潮迭起的时代。我们的身体大踏步向前奔跑，我们的内心有没有跟上来呢？而跟我们一起同步走的人，有没有跟上这个时代的脚步？或者我们能否有更多的耐心等一等，像等待一朵花开？那穿越了弄堂的风，若有若无地来，你依然静止不动地等。

这个社会，因为移动的加剧，人的情感也会面临更多的诱惑，因为选择更多。

在古代的社会，社会形态没有那么多变，生活也相对闭塞，所以对感情而言，更加简单而纯粹，"从一而终"几乎是每个女性的信条。那时候女人在经济上附属于男人，女性和男性并不平等，所以我们也很难听到女性的不同声音，女性更像一个附属物。

然而随着时代的发展，特别是改革开放后，很多女性在各个行业都担当更重要的角色，中国女性的地位逐步上升。经济独立使人格独立，自我意识提高，在感情上就更不愿意将就。

而根据我的观察，整体而言，中国男性的成长速度是远远跟不上女性的。在很多两性课堂上，参加者以女性居多，女性对于个体生命有更多的意识觉醒，而很多男性，还保留着以往传统的观念和大男子主义。

所以男性和女性在情感的诉求上其实是存在偏差的。女性更细腻，注重个体的感受，而男性偏大条，对生活质量要求不那么高。所以在解除婚姻契约上，你会发现由女性主动提出的居多。

我经常会关注很多的报道，也会看很多的新闻。当然更多的现象都已出现在生活的边边角角。比如离婚率的攀升，更多大龄女青年选择晚婚不婚，包括银发一族离婚率升高，比如高考结束后会迎来一波五十多岁人的离婚潮，以往很多人会为了孩子勉强维持一个空壳的婚姻，但现在很多人都想活出生命自我的光彩。

而很多中国人的婚姻质量确实不高，这也影响了下一代的婚恋观。

忙于生活，少了沟通，生活中缺少仪式感，或者两个人价值观差异过大，再加上生活中多了些诱惑，这些都是感情的终结者。

另外对年轻一代来说，生活节奏太快，生活成本太高。特别在大城市里，忙碌的生活挤压了很多人的生存空间和交往空间，所以越来越多的适龄青年都单着，不是他们想单着，确实缺少机会让更多人了解自己。

因此一些婚恋节目才那么火。

然而一代人的感情有没有诉求呢？一定有的。

即使工作让人获得成就感，而感情终究无可替代，每个人都需要得到爱和理解。

这是一个人最根本的需求。否则一个人的人生终将空洞无边。

爱是我们认识这个世界的方式。一个人只有被好好爱过或爱过他人，才会足够理解自己和他人，以及认识整个世界。

从小被爱过的孩子才拥有足够的爱，成人也一样。有爱的人，对这个世界更加宽容。

三

我看到年轻一代已经有越来越理性的婚恋观了。即使很多年轻人在不断被催婚的前提下，也已经有了他们的集体意识。那就是"没有可以结婚的年龄，只有可以结婚的感情"。年龄不是推着人成婚的手，而一段合适的感情才是。

这点我也很认同。

结婚的前提是我得找到一个和我合适的人相爱。

选择不婚的也很多。

比如前几天我回了一趟老家，我妈告诉我，我们镇上有个女的做保险，经济上很独立，也赚了一些钱，就运用了科学手段生下一个孩子。这种事情换作十年前，真是无法想象，但今天，能发生在一个小乡镇里，而我妈，一个七十多岁的老太太，都不那么惊讶，可见社会的宽容度也是越来越高了。

人们敢于对自己的决定负责，是现在很多人深思熟虑的结果。

另一方面，夫妻一起去上课，去学习婚姻相处之道的也越来越多。

比如我做家庭教育的这些年，常常有夫妻快走到感情破裂边缘的，通过一起学习又认识到婚姻的意义，去重新牵手。我和一些朋友聊过，说这几年传统文化回归了，大家对家的概念又有了一个新的认识。

这是好事。

不管怎样，慎重对待每件事和每一个选择的结果，是我们更成熟的态度。

爱没有束缚，婚姻却有边界。

有责任感，是每个已婚人士要保持的好传统。

四

人这一生中，感情给过我们很多慰藉，我们的生活中总会闯进一些意外之客，带给我们各种情感的冲击和体验。这些人不一定有缘分陪你到老，但或许丰富了你的个体生命。

爱是一种很好很美的体验，或许我们认为，一生得见一次就很值得。当你走过漫长的一生，你再问自己这个问题："你对爱情和婚姻，还有期待吗？"然后再去审视你自己这一路走过来的情感历程。

时光会慢慢地，剥开一个人的心。没有什么是当下最好的选择，遵循自己的内心也就无怨无悔。

就像爱和遗憾，每个人必定都有过。

但是保持一种最好的姿态去追求幸福，是我们一路想要的结果。而幸福的方式有很多种，在我看来，不会拘泥于哪一种形式。

只要自己感到满足、快乐就好。

幸福是我们一路追逐的方向和目标，婚姻不是终点。

幸福才是。

五

回首往事，在我二十多岁时，便在一些杂志的情感栏目上写文章，有部分篇章被各大报刊转载或收录入文集，引起读者的共鸣，后来陆陆续续收到了很多读者来信。

不管时代怎么更迭，人心有多冷漠，过往和现在依旧如此：情感依然是人最渴求的东西，是荒漠岩石中开出的花朵。

现代人困顿于一种生活模式，挣钱，花钱，再挣钱，再花钱。然而有一天却发现自己也不过是两手空空。

那些都市里的夜归人，当他独行在路上的时候，内心是否有等待的人、有渴望的情感慰藉、有深情呼唤过的名字呢？只有一个人的夜，你才知道你渴求的也不过是如此。

今生来世，希望有一个人能懂你，而这个懂你的人恰巧也爱过你。

人心最怕被辜负，最幸运被珍惜过。

所以在这本新书中，我想写人与人之间的懂得有多么珍贵，这种缺失又有多么的遗憾！

而生活中多的是遗憾的故事。

不曾想，不能忘，痛了又痛，甚至相见不如怀念的故事。

但是那些发生的，一定在你生命中开出了花。

提醒我们曾经闻到过的芬芳。

感谢这仅有的一次，它让你枯萎的心又活过来了。

爱让你们真心拥抱了彼此，也同时拥有了一个更大的世界。

等爱的路上，没有一个人不辛苦，

失去的那刻，没有一会儿不疼痛。

不爱的人不了解，爱过的人却懂得……

愿这世间，所有平凡的人都可以，都能够，

真爱无敌，相聚有期。

应赛红

7

目 录

女人篇

回忆依旧绵长·······················2

　　关于这个人，关于你找回的和丢失的世界。

我们都渴望一个儿女情长的世界·······5

　　在每个人的江湖里，有情义两相知的喜悦，也有望断天
涯路，不见人归来的萧索和落寞。

他很爱我，但他不懂我·············10

　　婚姻是一面镜子，照出男人的自以为是，也映出女人的
无可奈何。

那是一瞬间的灵魂出窍·············14

　　但她只记得，在那个宽广的海上，他是回过头来看过她
的，那一刻他忘记了事业的版图，他的江山和野心。

　　那是一瞬间的灵魂出窍。

每个女人心底都住着个女孩 ························20

每个女人心底都住着个女孩。女孩都有一个温馨的梦，即使七老八十了，还有一个梦。

和一个人牵手，过自己想过的生活。没有鸡零狗碎的东西，只有互相望着就能一笑的默契。

我终于学会了放下 ·······································25

女人所看上的男人，无非是对她有真心，还有不惧怕的勇气。希望爱上的人是顶天立地的男人，坦荡、有保护女人的气势和胸怀。

所以女人在大多数时候爱上的的确是爱情本身。

有时候爱是不对等的 ·································32

其实人活一世，什么都很短暂。只有那些回忆是美好的、温暖的，陪伴了你一辈子。

我把爱情遗忘在了大街上 ······················37

车来车往，人潮涌动，谁看到了我低头那一刻的悲伤？说不伤心是假的，我只是想装一下。现代人都爱假装，抬起头来又像没发生过一样。

都说相爱的人不能在一起 ······················41

相爱的人因为心有灵犀，可以在每个季节里遥遥相望，也可以在凡俗生活放下的那刻，幻想陪他一起仗剑走天涯。她未曾在现实世界里给过他的，那就在下辈子里一起给他吧。

晚点遇见你，余生都是你 ················48

我已习惯把你放在心里，从不打搅也从不刻意靠近。
这是最好的相处。

我们都无法做到云淡风轻 ··············51

比伴侣差一个机会，却无法把对方当成一个普通人，在
这样尴尬的境地中，谁都无法再往前一步。

相遇是一种缘分 ····················55

幸福的人一定是心意相通的人。即使相隔万里，想到这
个世上有懂得我的人，这一定就是幸福。即使因为错过
机缘不能在一起，又有什么关系呢？心在一起比什么都
重要。

某人某天 ························57

有时候命运真够奇怪的，充满连她都解释不了的巧合。

我心中永远的圣地 ··················60

它是一个神奇的地方，让我一个南方人，第一次因为一
个人而爱上了那个地方。

北方的飘雪，南方的暖阳 ··············64

爱是一个谁也解不开的难题，有些是命定的缘分。就像
小晴的遇见了，纠缠了，也许有一天分开了，然后就放
下了。

相信某个人会点亮另一个人的人生 ········69

带着满腔的雄心和欲望，总想去征服这个世界，总是以

为凡是我爱的必将会得到。

情人知己·······························73
世界那么大，总要和一个人去看看。才不至于辜负这人间美景，辜负荒废了这一辈子才等来的合适的人。

假如我们都不再需要彼此·············76
让他知道她很需要他，她们都很需要他，这个家他最重要了。她要帮他把他的自信给找回来，连同他们丢失的爱，也一同找回来。

有时候一等，就是一生···············80
你一定不想让他知道你曾经来过······

总是来不及说再见·····················82
那一路顾左右而寻她的神情，终于让她知道，原来他也有所等待。正如她一直等着他来。

其实，我们都看不到别人的伤悲·······89
爱而不得，想爱又不敢爱，真心托付错人，对爱情的灰心丧气，不是只有她们有。其实每个人都一样悲伤过。

男人篇

爱是件简单的事·······················96
在一个很好的年纪遇上了爱，这是件多么幸福的事。

太晚太早都会有遗憾。

一个人的纠结，两个人的辜负 ·········100

然而，深层次的爱需要时光养成，是足够的担当和坚不可摧的勇气，是无数岁月累积的包容和耐心，是无数次生活出现困难时我对你的不离不弃。

所谓的佳人之乐 ·········107

当他累了的时候、孤独的时候、一个人的时候，即使他看到了很多人去了更大的世界，她依然是他身后那一缕白色的柔和的月光。

好婚姻成就人，坏婚姻毁灭人 ·········110

一个人如果被命运善待过，被一个人好好珍惜过，这样的人即使后来颠沛流离，都会对这个世界心怀感恩。因为他的心灵被照耀过。

即使世界动荡，始终有你在我身旁 ·········114

"你知道吗？当我知道我被一个很优秀的人爱着、爱过，我这一生都觉得很幸福，因为我不再是孤单一个人了。"

我们永远在失去中长大 ·········117

当繁华看尽，原来我们更爱的是那平凡的烟火。

无法忘记有过这么一个人 ·········123

"来日方长"这句话辜负了多少人，我们都被辜负了。

每个人心里都有一亩田 ·········129

那些铿锵有力的誓言，那些缠绵悱恻的情书，在这个年代都已消失不见。

我的人生过往

你有没有遇见过一个人···134

一开始的几年，我到处打探他的消息，他以前工作过的
地方，他的熟人那里，然而他消失在茫茫人海里。

爱是无解，婚姻却两难···140

好的婚姻需要对对方的尊重，也需要自个的成长。

女人求爱，男人也求爱···146

他最后说，其实生活的内容就是爱。
人要懂得如何去爱，这是门功课。

醉后方知酒浓，爱过才知情重·······································151

在婚姻中，我们往往被赋予太多的身份，担负太多的责
任，有时候担太久了，难免觉得疲惫。早忘了我还是一
个我的存在。

去看一场李宗盛的演唱会···156

现在他一人在舞台上，自弹自唱，自说自话，他的温情
她不会回应，他的遗憾她不愿知晓。他想说的话只能说
给自己听。

碧桃其人其事···162

谢谢你陪我爸爸走过了一段青春，我相信你是这个世界

上他唯一爱过的人，唯一温暖过他人生的人。

假如我们都不曾出现在各自的生命里
······170

我们生来不自由，身上也有枷锁，然而遇上你是我最快乐的事。我想爱也许就是我的出现丰富了你的生命，你也同样地丰富了我的生命。

我想和你一起看太阳
······179

海子说："你来人间一趟，你要看看太阳，和你的心上人，一起走在大街上。"

好好活着，也要爱而不伤
······183

原谅我们变得刻板，很多时候为了活着都要拼尽全力，有时候连爱自己都不能够，哪还有微笑留给别人？

在天黑之后想念你，在天亮之前忘记你
······186

我只是选择这样一种方式，纪念我曾经那样地爱过你。

在无情的年代保留一点深情
······188

我们用所有的时间来挣钱，来争吵，来躲避一个人的真心，唯独却没有好好拥抱过那个人，以及拥抱过那段快要靠近幸福的时光。

爱情太短，一生太长（后记）
······191

寄语读者／海光
······199

女人如花花似梦

　　女人对爱的珍视，恰似一朵浪花对波岸的追求。所以，很少有女人在爱的面前能全身而退。大多一头栽下，看不清前路，也不愿留后路，直至青春燃尽，爱情方休。这一场绮丽的春梦，才会醒来。

　　在爱情面前，做智者太难，做傻子容易。身心俱疲，只是沉湎其中，为了寻找天边那一道光和彩虹。我看到爱情在她身上死去，是从双眼蒙灰的那刻开始。她虽穿着一袭大花的裙子，却是一脸平静冷淡的样子，无法穿出春天那俏皮的颜色。

　　她怀念她青春明媚的时刻，他把她捧在了手心。

　　他如此在乎她的一切。

　　她怀念过往那种种美好，仿如昨日。

　　只是，在同一个地方，她等不到他再次归来。

回忆依旧绵长

小樱　43岁　作家

关于这个人，关于你找回的和丢失的世界。

也许他已走出你的生命，但是回忆依旧绵长。在每个呼吸里，在每个悸动里，在每个晨昏中。

你等待将他遗忘，或者，永志不忘。

人生中有很多的第一次，但关于他留给你的第一次，你一定记忆深刻。

第一次看到他在凌晨五点给你发了个笑脸；

第一次他告诉你他今天会在哪里；

第一次在很晚的夜里，你给他拨了个电话未接，然后你在沙发上就一直在默默等他的回电。

我相信你这一生一定经历过很多的第一次，但唯独他的第一次最意义非凡。

你回忆起第一次，他看见你落荒而逃的样子；

第一次你打他电话，听到他强自镇定下的紧张声音；

第一次你向门口走去，即使你背后没有眼睛，也感觉到他的目光随着你逶迤而去。

你身上的一举一动，牵动他身上每根神经。

即使你坐在很偏僻的角落，他依然立刻就能找到你，看到你他就安心了。

仿佛你就是他丢失的一部分，也是他苦苦寻找的一部分。

曾经满世界都孤独的两个人，在某个时间点遇见了，从此目光眷恋，再也不分开。

你是他丢失的前世今生。

"没有人比你更好了，也没有人会比我更爱你。"

但你一定不会告诉他，关于你的一切。

你是从什么时候开始爱上他的，他的一切什么时候开始种植在你心里的，或者你自己也不知道爱起始于什么时间，或者会终止于什么时候。

你只知道，你等着他的出现已经等了很久，像野马等着它的草原，像天空呼唤来雄鹰，你等他，等着你生命中的一部分。

每次在海边，踩着海浪的时候，你都是一个孤独的孩子，拎着一双鞋，蹚着浪花，蹚着一地的思念；即使满天的星光倾泻下来，你依然想等到和他牵手的那刻：一起走过沙地，一起去踏浪吧！一起手牵手，从南走到北，从北走到南。

永不疲倦地一直走啊走，你们是两个单纯的孩子，所有敞开的世界都和你们无关。

你等这一天已经很久，或者想一直就这样等下去。

而你，也一直有问题想追问他的。

比如："我们第一次见面是什么时候，你还记不记得？"

"你是什么时候喜欢上我的呢？"

"你为什么看见我就逃走？"

你想看到他面红耳赤的样子，但知道要不到真实答案。

他会强自镇定，一撑到底；然后顾左右而言他。

所有的人遇到爱情都会撒谎，真相就是"我不敢说出我的心意"，"我若坦白了她会怎样呢？至少我还想再伪装一下"。

"然而我是如此爱你，我只是不敢说出来。"

你们促狭，调皮，紧张，躲避，多半像是两个玩捉迷藏的孩子。

"你猜？"

"我猜不到。"

"我有没有抓到你？"

"别躲了，我知道你就藏在那里。"

一切都像是回到了青春时代。

爱上他，就像是回到了你们的 18 岁。

青葱，明朗，兴奋，紧张。

"好吧，永远别停下，我的爱。"

我们都渴望一个儿女情长的世界

梅梅　45岁　媒体人

在每个人的江湖里，有情义两相知的喜悦，也有望断天涯路，不见人归来的萧索和落寞。

每个人心里都有一个江湖。

于男人是，于女人也是。

这个江湖里既有儿女情长的故事，也有肝胆相照的情义。带了点那样的快意恩仇，又有一点风花雪月伴随其中。有对大义的坚持，有对真心的守候。当然也有错过、背叛和失意在其中。

复仇和报恩是一个江湖。

爱和恨都来自江湖。

而每个男人和女人都有自己的一个江湖要混，也有一个自己的故事要说。

在一个地方相逢，总要喝点烈酒，再顺便在酒里带出自己的故事吧。

真真假假，也甭说好歹，故事就是故事。

也就一个人不紧不慢几十年的光阴罢了。

当有一天我们红尘远去，关外牧马，在天地间自由浪荡的时候，把这段故事再拿出来细细品味吧。

这段故事和那么些个人，是如何无意间闯进我们的风雨人生的。

连同那段几十年的人生最后都消弭在大漠孤烟里。

几十年风尘几十年路……

回首看，也就是滚滚红尘中扬起的一撮灰尘罢了。

也就那样的故事。

也就那般的你我。

在山水间相逢，在市井里擦肩，尘世间一路的携手，一路的马踏天下，一路的擦肩而过，一路的各自天涯。

所谓英雄气短，儿女情长。

道不尽的沧桑，也诉不尽的恩怨——只一声叹哪！

一个英雄，提马刀、喝烈酒，酒里面还得盛着个红袖添香的故事。

酒馆里风姿绰约的女掌柜，爱上了一个南来北往的客。

风陵渡口的郭襄，一见杨过便倾心。

丐帮帮主乔峰，最后伤心地独自一人关外牧马。

古灵精怪的黄蓉，最喜欢的是那个木头疙瘩一样的靖哥哥。

练就了九阴白骨爪的梅超风，事实上是一个爱到痴爱到狂的可怜人。

江湖不会消失，儿女情长的故事就永远会有。

即使武侠的世界已经消失在日渐快捷的年代里，却并未消失在一代代江湖儿女心里。

情义是不会死的。关于爱和丢失，得到和亏欠，在每个人心里。

在每个人的江湖里，有情义两相知的喜悦，也有望断天涯路，不见人归来的萧索和落寞。

即使写出很多江湖恩怨事的金庸，也在这个现实的世界里被别人诟病。说负心，道无情。

他和许多采访他的记者聊过：一个人的人生是自己的一部分，绝不能为了公众的要求牺牲自己。一个健康的人，一个风花雪月的人，是有弱点的，贪钱贪名利，这才是一个正常的人。

这倒是真话。

所以在晚年，他也常常说他最对不起的是第二个太太朱玫。

爱可以没了，但若讲情义，金庸在这点上也还是太无情了点。

所以他在书中创造了一个世界，但他也明白，自己也不过是普通人，既有人的七情六欲，也有喜新厌旧的本能。

就像他说的，人人都渴望专一的爱情。

但不专一的爱情却时常有。

因为复杂的是人性，不可捉摸的是人生。

每个人的一生，都会做错过一些事。

也同样地，会辜负一些人。

在感情中，对得起一个人的同时，必定也会对不起另一个人。

那些提了剑拔脚就要去讨个说法的人大抵还是年轻，气不过，心意难平。

最常说的理由通常是我为你付出那么多，你为何偏偏对那个人念念不忘？

带着愤恨，也想用剑剖开对方的心看看是黑还是白。

然而这个世上唯独感情最无法理喻，不是你付出多少就能得到多少。想通这点的人却很少。

多少人在一个"情"字上误了终生。

用情太深不是错，错的是对方是那个不爱你的人。

我们只是做不到及时的放手。

而女人，自古有江湖就有痴情女，有烈女，有侠女。

痴情的人独自伤心，也有些痴到后来就发狂，见不得别人的小儿女神态，成了一个人人都惧怕的"灭绝师太"。

爱到极致反成了恨。

烈女容易割发断情，常常青灯古佛了却一生。

而侠女，因为心胸大，却是真正能做到快意和洒脱的。该报恩的报恩，该了断的了断，该放心里的放心里，该策马天涯也一块跟着去了。

不拖泥带水，也不误人误己，算是最想得开的那拨人。

世间很多东西可以评是非曲直，情却很难评对错，只问值不值。

既值得你就认，不认为值你就放手。

最怕入了魔，而后自己成了魔。

于别人厌，于自己又得不到解脱。

江湖人常说：相逢一笑泯恩仇。

过往不提。

过去已去。

我想既是江湖儿女，就不要像小儿女一样惺惺作态，也就要有这样的自在和洒脱。

既要爱得起，也要丢得开。

有这样的心胸，才有这样的自在。

不会困顿在一个儿女情长的世界里走不出，也才会有一个互不亏欠的江湖人生吧。

他很爱我，但他不懂我

陈晓萌　37岁　网店店主

婚姻是一面镜子，照出男人的自以为是，也映出女人的无可奈何。

我想写一个错爱的故事。这个故事没有爱而不得的悲伤，也不是因为爱错一生而被辜负的事。

他只是用对方不需要的方式爱了，而被爱的那一方只是感到疼痛而已。

这个故事也提醒我们：生活中仅仅只有爱是不够的。

有一天我和一个女性聊起一个话题的时候，她可能想起了童年时代不愉快的经历吧，突然表情极度扭曲的难看。那时候我仿佛看到了她的一些暗伤，潜在她的记忆里。我记得她突然说的一句话："你知道吗？我小时候最痛恨的一句话就是'我是为了你好'。"

现在想起来，与以爱为名义实则绑架有什么两样呢？无非都是借着爱的由头说"我如此爱你"。

爱的不自知，用我的方式爱是不如不爱的。

比如你喜欢吃芒果，我喜欢吃甘蔗，我每次买很多的甘蔗喂你吃。

你喜欢吃素，我爱我的红烧肉，我每次都夹一块肉到你碗里，说这多好吃啊，你不吃真是太可惜了。

一次两次，还有很多次，你从哭笑不得渐渐地变得不想说话了。

我有一个朋友，有一天谈起她的婚姻时就说，他很爱我，但他不懂我。

所以他们很多时候的争吵是因为这个。

她想买车。她个子小，喜欢买小车，他却想给她买一辆大大的路虎，那是他喜欢的车，几次争执过后，她买车的欲望就没了。

他经常给她买一些凉性的水果，其实她胃寒。

后面她的心就渐渐冷下去。面对一个不懂你的人，再多的关心都是多余的，都是累赘，也都是生命中不能承受的重。

她心脏不好，更多的原因是心里总有股气。

在爱中受气，这是一件多么可怜的事。

她是一个情商很高的人，但他是一个简单的人。

她爱交友爱读书，他闲下来就只是看电视。

连教育孩子的方式都不一样，她和孩子沟通聊天，把他当朋友看待；他把孩子当孩子看待，买吃的喝的，无条件地宠着。

有时候她出去学习，也想带他出去学习，他直接甩来两个字"神经"，接着就是一句："你被洗脑了吧？"

原来生命中有这么多的无可奈何。

她也说他是很爱她的，什么事情都不用她操心。

然而她是不快乐的。

在这样的生活中，像鱼在水中缺氧一样地游，然而很费力、游不动，生活像吊在半空中。

她疲惫而缺少生气，无法违心说自己很幸福。

然而他们还要继续下去，在这一段婚姻关系中，不是用爱来维系的，更多的是牵扯。关于孩子关于义务，但没有一点关于人生来由，因为在这婚姻中找不到更多的自由。

爱是成全对方的心意，而让自己感受到了幸福——看着对方幸福的样子，那是我最开心的时候。

就像看到一棵树成长，风是快乐的。虽然树的枝丫在空中，它努力地生长是为了它自己，但无论怎样，你有没有属于我，我都是快乐的，为了那风中共舞的片刻。

牵扯，不管怎样你都是我的，你必须是我的，无论你愿不愿意。我都要像一根藤蔓一样绕着你，不管你舒不舒服，我只要我紧紧抓住你，你无法逃离。

一个是风中永远的拥抱，一个是当下不得已的纠缠。

这是多么难的婚姻，多么痛的两个人。

我看到他们在婚姻中的自说自话，自燃自放。他们都很孤独，但是两个人的孤独确实比一个人的孤独还要悲伤。

两个人在一起吃饭，一起背对背睡觉。一起在一个房间里碰面，明明都没话说了，还要互相说句"你回来了呀"。

这是婚姻中的公式，我们是机械照读照做的两个人。

然而那笑着闹着顽皮着的两个人，他们到哪去了呢？

好像生命中也就剩下这些了。

其实你一个人到露台看星星都比这好，因为没人打搅。最起码还有风拂过，你是自由的，也是快乐的。

婚姻是一面镜子，照出男人的自以为是，也映出女人的无可奈何。

就像作家苏芩说的："懂你的人，会用你所需要的方式去爱你。不懂你的人，会用他所需要的方式去爱你。于是，懂你的人，常是事半功倍，他爱得自如，你受得幸福。不懂你的人，常常事倍功半，他爱得吃力，你受得辛苦。两个人的世界里，懂比爱更难做到。"

然而大多数人都只是将错就错。

因为在婚姻中会思考会反省的男人实在太少了，这是一个社会的悲哀，也是多数女人的不幸。

那是一瞬间的灵魂出窍

蒋依依　40岁　学者

但她只记得，在那个宽广的海上，他是回过头来看过她的，那一刻他忘记了事业的版图，他的江山和野心。

那是一瞬间的灵魂出窍。

人是要记得藏拙的，这是她私底下提醒自己要做到的事，把自己的一些光华藏起来，这样会少去很多的麻烦。

然而，一个人如果真的有光华，是怎么都藏不住的。

所以在一次小型的聚会中，她看到他在一块小黑板前，足足站了两分钟，脚像生根似的没有挪动过，那一刻她就明白了。

那上面是她写的文字。

笔迹娟秀，如风般洒脱。

他们都是这次大会的嘉宾。

他们之前从来就没接触过，只是因为偶尔的机会交叉了，这样的聚会在城市里有很多。

相聚，分开。就这么简单。

但好像这次不一样，她看到他眼里对她的关注，目光停留。

她去参加一次商业领袖的学习，与会的都是大咖，她是一个籍籍无名的学者。轮到她发言了，她讲了一个故事，加上她叙事的天分，娓娓道来，用语言独有的力量打动了很多人，她看到下面那些人眼眶湿了。

她听说他在会后打听了她的情况，她明显感觉到他对她的留意。

据说男性讲师在婚姻中属于高危人群，因为粉丝太多。

对她来讲，是不是也这样？

当她在台上展示她的风仪、气度，甚至思想的时候，她有没有瞬间俘获台下某个人的心呢？

中饭的时候他特意坐到了她那一桌，她有些忐忑。

她不太期望节外生枝，所以她故作不知。

最后一天一帮人出海，他们在一个游艇上，他身边围着很多人，她在上面吹风。

什么时候他上来了，坐到了她旁边。

他们没说话，一段时间的静默。

后来一个工作人员上来了，提醒他下一个行程。

他要去赶飞机了。

她舒了一口气，如坐针毡的时刻终于结束。

他坐上摩托艇的那刻，回过头来，好像终于不用再顾忌什么，眼睛就直看着她，大概有两三分钟吧。她知道因为这突如其来的打断，所以他不再掩饰他的渴望，他的眼神对她直抒胸臆。

他们互相对望。

中间隔着一个大海。

那天她只记得他回头看她的那一眼，意味深长。

人在某一刻，心如江海澎湃，像你永不停息的情感，人心是需要抚慰的。

在这急速奔跑的年代，每个人似乎都太孤独了点。

然而能瞬间放下身份和地位，忘乎所以地只单纯还原为一个男人，也只有在那个远离人烟远离世俗的茫茫大海上。

在那一刻，他卸下所有防备，回归真实。

他也是一个缺爱的男人，内心希望有一双柔情的手抚平长久以往的寂寞。

平时不管多谦卑有礼、多波澜不惊，都是刻意维持的假面，然而装久了就变真了。渐渐地血冷了、情淡了，后来就变成了一个冷面冷心人。外面看起来一切都很好，内里是空心的。

曾经有过热血澎湃的人去哪里了呢？

那丢失了的自己、不停寻找的自己、放弃了自己的自己，只留一个在生活中表演的自己——

说的话，展现的那面，连自己都以为是真的，却在这个荒无人烟的大海上把自己找回来了。

原来你也渴求过这个世界的温暖。

有多渴望，多等待，多希望有一个人到来，解救你脱离寂寞的苦海。

几秒钟的灵魂出窍，是几世的翻转轮回。

那一刻，你知道你身上有些东西被唤醒了。

在我们还微小的时候，我们渴望人生能获得更大的自由。所以想追求更多的财富以及更大的成功。然而到了有一天，你获得这些财富和成功后，你发现你只不过是以一物换一物而已。

你有了花钱的自由，却没了花钱的时间。

你有了在人前显贵的资本，却连对一个人动心的权利都没有，更别说"我爱你"这种奢侈的承诺。

不敢，不能，拿生命中很多东西去冒险。

你之前急切想拥有的东西，却是现在的枷锁。

很多人常常觉得爱而不得是一种很深的痛苦，然而世上有种痛苦是连爱都不能够，不可以，被硬生生剥夺了，像蝴蝶剪断了飞向花丛的翅膀。这种斩断心之飞翔的路，是否更悲情一些呢？

我的很多朋友说，一个人学识太多，束缚也多。

一个人财富太多，为之顾虑的东西也多。

喜欢自由是人类的天性，没有人喜欢约束。就像野马喜欢草原，大雁喜欢蓝天，英雄自古要有美人来配。看开些吧，为了谋生，人已经活得很不快乐了。

在追求名利的路上，时间向来是以分秒计算的。那些儿女情长渐渐就被抛去了，人不能分心，更不能伤神。就像《失恋33天》那个事业有成的青年才俊对黄小仙说："爱对我太奢侈了。"所以他找的女朋友要随叫随到，能用钱就可以打发。虽然这个人很肤浅，但他需要肤浅，他需要的就是省时省力气。

能用钱做到的事情，比用心要容易多了。

爱一个人却需要时间，他需要去懂她。但他现在不愿意。如果可以连时间都想花钱去买，怎舍得在女人身上花费力气。

凡事要讲究效率，浪漫是多余的。

这个社会太现实。

我们都被改造得如此现实，也如此彻底。

所以当一个人发誓要摆脱过往窘迫的生活，誓要出人头地的那刻，他就已经决定当一个冷面人，把他多情的那一面埋葬。

人是需要点狠心的，狠心即意味着绝情。

所以江湖历来恩怨多，很多聪慧灵敏的女子后来变成了人人谈之色变的"灭绝师太"。因爱生恨，由爱生怖的故事实在太多。

那个曾经爱过的少年已成雄霸一方的霸主，总是大义凛然地训斥自己的后辈："糊涂，成大事者岂能儿女情长。"

他忘记了他是如何辜负了一个女人才成就了如此霸业的。

因为那个侠骨柔情的自己已经死了。

被淹没在江湖风尘里。

但她只记得，在那个宽广的海上，他是回过头来看过她的，那一刻他忘记了事业的版图，他的江山和野心。

那是一瞬间的灵魂出窍。

她看到过了，也因此觉得更加悲伤。

人活一世，草木一秋。

本应该活出自己快意而不受拘束的人生。

爱你所爱，行你所行，直到岁月的尽头。

而有些人，连伸出手去都不能够。

爱是两只紧握在一起的手，他断然舍弃这种可能。那一眼，也只是瞬间一两秒钟的失神。然后他就转身了，一地的浪花被踩在他脚下，像是被抖落一地的过往烟尘。

她和游艇上的很多人一起对他挥手送别，对旁边那个工作人员说："你把他送到天涯海角去吧。"

天涯远没有归途，只有生前事、身后名，或许都未曾留下。

人没到撒手的那刻，都不知道自己手里抓的东西，是否就是我们一直想要的东西。

所以八千里路云和月，也只照得见一地的寂寞，和身后那长长的影子吧。

每个女人心底都住着个女孩

淑丽 54岁 退休

每个女人心底都住着个女孩。女孩都有一个温馨的梦，即使七老八十了，还有一个梦。

和一个人牵手，过自己想过的生活。没有鸡零狗碎的东西，只有互相望着就能一笑的默契。

时光会老，岁月会老，然而一颗渴望被爱的心，从未老。

我们是在一家服装店认识的，首先吸引我的是她一张柔美的脸，很有女人味。

她的背同样挺得很直。

我很喜欢美丽的女人，但你会发现，女人年龄越大，美丽的人越少。因为很多人被生活打败，纠结的、愤怒的、暴躁的、幽怨的，过往会让很多人的面目变得刻板、狰狞、愁苦，什么样的神态都来了。

唯独不见云淡风轻的美丽。

看开一切，才能不被拖累。

所以在这个年龄还依旧美丽的人，内心一定有她未曾放弃过的，有她坚守的、不妥协的东西。

这是她兀自美丽的原因。

只有内在的高贵的灵魂，才会让一个人的体态、神情美丽，不被世俗打败，也不被红尘沾染。

"我要去追求我的自由。无论怎样，接下去的人生还长，我一定要为自己活一次。"

这是我们坐下来聊天后，聊着聊着她说出来的一句话。

我相信这句话同样是说给她自己听的。

但我被她这句话所打动。

她说她的婚姻就是个错误。

她爱看书，喜欢一切文艺的东西，追求内心的美好。她的老公是一个村干部，也是一个生意人。虽然有几个钱，但是层次不高。每次她让他看一些法制、经济类的电视节目，了解一下时事，就会被打断说"那个有什么看头"。

他是一村村主任，然而小学没毕业，他只认同他的那个江湖体系。

男人赚钱就好了，其他，没有其他。

他们连普通的交流都没有。

她一直想要离婚。但是中国的七大姑八大姨，四邻乡村的人都出动了，全拿出劝和不劝离的架势。她用一句话就把他们堵回去了。

"如果在一个婚姻中，你哭过的眼泪比笑容还多，请问这样的婚姻继续下去还有什么意义？"

所以她要坚持，即使知道这条离婚的路不好走。

即使她现在升级为奶奶，但她依然想为自己活着。

我很喜欢她，因为我喜欢漂亮的女人，也喜欢那些从不被岁月打败的美人。生活可以有很多拉你下行的力量，但我可以选择不妥协不掉落。

我看过很多女人，在离婚路上，要么软弱，要么泄恨。

她没有，她只是很平静地说我要自由。

我很懂得她的不易，深知感情像被埋葬一样是有多么痛苦。所以我说："其实你们两人互相都不适合对方，换个人就好。假如你的老公娶的是一个爱搓麻将，喜欢跟老公要钱就好的女人，也很般配。你找的是一个有精神追求的人，两人种种花，去小径上散散步也很好。"

这样的婚姻就算了吧。

分开了，两个人都解脱。

人只有和价值观合适的人在一起才快乐，喝一碗粥都好。

我说你这些年像一个活死人一样活着，很不容易。

她感念我的理解。

每个女人心底都住着个女孩。女孩都有一个温馨的梦，即使七老八十了，还有一个梦。

和一个人牵手，过自己想过的生活。

没有鸡零狗碎的东西，只有互相望着就能一笑的默契。

这是每个人都向往的。

她说我是第一个支持她的人。

因为我早就明白了，生活不仅仅只有道德约束和绑架，也有要冲破重重障碍，为自己而争取的理想。我希望能给她这股力量。

去追求自己心中的梦吧。

这是很多人毕生的向往。

她说在这段痛苦的经历中她很感谢一个人。

有一次她发了一张在山峰上的照片，山上云雾缭绕，只有她的一袭红衣特别醒目，她配了点文字——"人不知在哪个山峰坠落"。后来引来一大片的留言——"千万别想不开呀！""没有什么过不去的"。

只有一个人留言说："这是一个有故事的人。"

她瞬间被击中，她觉得他懂得她。

他们在网上聊了六年。相知相惜。

为什么要让他等了六年都没见面，也许我知道人在这个年龄做出决定实在太不容易了。

所以她总在分还是不分中纠结，反反复复。

留下太难了，然而离开也不容易。

没有一个人愿意离开那个倾注了心血的家。这是一种需要勇气的断开、割舍，甚至决绝。

不看来路了。来时路固然有好的记忆，更多的是心伤。

让一个美好的女子白白浪费了那么多年的青春年华。

她现在都五十四岁了，可她还等着，解放身心的那一刻——

把我的自由还给我。

我爱的自由，重新选择的自由，和我爱的人相互牵手的自由。

那都是我心之所往的时刻。

她说今年夏天要去看看他。即使结果不尽如人意，她说那也没关系。她依然感谢这些年他的陪伴。

一路千山万水走过来，如果没有他的相扶相搀，她如何还能挨到这刻，早死了。他解救了她的灵魂。

他们对于对方来说，都是那段灰暗生活中照进来的一道光。

但我相信一个在网络上和她聊了六年的人，陪了她六年的人，一定是很有耐心，也很有诚意的人，一个人骗不了一个人那么久。

骗一时是可以的，久了什么都能看出来。

知音难求。

我祝福她终将找到自己的幸福。

她值得一个更好的人相待，不被蹉跎，也不被辜负。

我终于学会了放下

巧巧　36岁　自由职业

女人所看上的男人，无非是对她有真心，还有不惧怕的勇气。

希望爱上的人是顶天立地的男人，坦荡、有保护女人的气势和胸怀。

所以女人在大多数时候爱上的的确是爱情本身。

爱情也许是一段时间的情短情长，心牵心挂。直到有一天，你终于学着放下。

女人有时候并不是很爱那个人，爱上的或许只是爱情本身。

因为生活实在太没希望了，所以要给自己点希望。支撑着在这无尽的望不到头的岁月里给自己点念想，我们才能应付一天的时日久长。

很多时候我们和我们自己想象的那个人恋爱。

爱上的仅仅只是爱情本身。

巧巧常常和我说她等了一个男人四年，等到的只是一个拥抱。

也许还不仅仅只是个拥抱，在碰面的时候，她把这些年对他的挂念，对他的抱歉都说给他听了，更像是了结了一段心事。

当一切都能摊开了说的时候，是不是我们的心终于可以放下一些了呢？

我是知道这段故事的，所以我知道这些年她在这段情中如何煎熬。

他是她店里的一个顾客，就是很偶然加了微信。然后一直都没关注。

过了半年多，她偶然看到他写的一些美文，被那些浸润美的文字吸引。她问："这些是你写的吗？"

故事由此拉开序幕。

他们开始在微信上聊，越聊越投机，也越聊越有默契，甚至有一种小小的暧昧生出来了。

有一天他忍不住向她表白了，她有点期待又有点惊慌。她说我比你大很多哦。

"怎么可能，你还像个小姑娘一样。"

她说我真的比你大很多呢，她告诉他年份。

果真，她比他大五岁。

她是一个传统到骨子里的女人，不接受女大男小。何况彼时，他们夫妻关系也还算好。

她找不到一个理由接受这份感情。

她拒绝了他。

关键时刻，她刹车了。

有几年，他们就此别过。

人海浮沉中，这不过是小小的插曲。

他去了上海，她依旧做她的生意，迎来送往。

如果没有一件意外的事，可能他们还是不会联系的吧。

有一天她老公出门去了，电脑忘关了，她那天鬼使神差地去看了一下：是两个男女的对话。

"待会我过来。"

"你按门铃吧。"

她当时气得浑身发抖，瘫倒在地上。生活中隐藏的一个秘密突然被揭开了。她对谁都不能说，偷偷到那家酒店去，看到了她老公和一个大学生在那个酒店已经同居半个月了。

虽然后来老公在她面前下跪认错，那个女孩子也安顿好走人。

然而那段时间的打击真是太大了，她说她真的是想到过去跳楼的。

心如死灰，大概就是那段时间她的心境吧。

她想离婚，但他死活不肯。

她的婚姻，只留下一个空壳，在被她撞见的那刻起。

心破了一个大洞，再也补不回去了。

她照样在店里迎来送往的，但是那个原来的自己不见了，这是一个只有躯壳的人。

她没和别人说过这件事。

那段时间的生活只能用"黑暗"两个字来形容。

他的那些文字是照进这黑暗的一道光，她被那些文字慰解、开脱。慢慢地，像是有种寄托又回来了。

你能理解这种感受吗？人得要有希望才能活着。文字治愈了她的悲伤。

他们又开始聊起来。

但这一次，是轮到她陷落了。

她陷落得比任何人都深。

我记得好像是涂磊说过，在感情世界里，男人往往很多情，女人却往往很痴情。

我还记得在哪本书上看到过，说男女在对待感情上是有偏差的，男人喜欢一个人很快，但抽身也很快；而女人一开始是讨厌那个男人的，但缠着缠着后来喜欢上了就放不开。

女人总比男人慢一个节拍——

在你想抽身离开的那刻我喜欢上你了。

她后来就是这样，对他的一切都分外留心。那几年时间，唯有四个字可以形容："思之若狂"。

那个男人在她身上刻了个印记。

抹不去，丢不掉，放不开，忘不了。

原先他是治愈她的药，现在他是她所有的一切。

每天晚上她都要看过他的朋友圈才能睡着，每天她都要看那张生命中刻骨铭心的脸。思念入骨，她也病入膏肓。

还有什么可以救治她呢，她那么想见他一面。

但是想见又不敢见。

四年时间有多长？

她始终不敢走出这一步。

犹犹豫豫，胆战心惊。

因为太爱了，所以不敢。

后来两个人终于相约去茶楼喝茶，她把这些年对他的挂念和相思对他说了，也把之前对他的愧疚和他说了。

最后要走的时候，她说我能抱一抱你吗？

她上去主动抱了他，他一开始很紧张，后来情不自禁地也把手伸出来，紧紧地抱住了她。她听到他的心跳声，很急促很慌乱，咚咚地响着，像一面鼓一样。

时间仿佛停下来了。

这个拥抱是一世的拥抱吧。

回去的路上，她抬头看见天上的月亮，特别白，特别圆。她很多年没看过这么好的月色了，好像还是小姑娘的时候才会看月亮。脚底走着都是飘着，浮着，好像被这一刻巨大的幸福击中似的，她回味了很久，她都不相信这是真的。

即使留不住当初的那个月亮，至少也留住了今生唯一的一次拥抱啊。

这是她四年里爱过的人。

终于给了她巨大的补偿。

从此以后，她可以安枕入睡了，因为他拥抱了她，那一刻，他们如此贴近了他们各自的生命。

她对那天的见面念念不忘。有一次又在那个茶楼遇见了，真是解不开的缘分哪，她想，他和她就是有缘。她情不自禁地上去拥抱他，他轻轻地推开了，怕被别人看到。

女人遇到爱情总是很傻，然而男人在关键的时刻总是能理性。

就像女人会奋不顾身，而男人在关键时刻总是会怯场。

这就是差别吧。

还好她是一个能看透世情百态的人。虽然痴情起来比谁都真，但不代表她不懂人心。

她看到了他的冷漠。

她明白了，有些话原本就不用等对方说出来，她是个聪明的女人。

她看清了自己原来不想看清的事实。

她说那天在茶楼他还在装呢，其实碰到自己喜欢的女人还装什么呢，有那么些东西放不下吗，名和利算什么呢？

"那天他劝我要好好修炼，要多看书，无非是男人的虚荣心作怪，看不起我这个职业罢了。"可是爱一个人不是要接纳她原有的一切吗？

总的来说，还是对她不够真诚吧？

他待她，还是有所保留。

在那一刻，我看到了一个聪明女人的智慧，也看到了她从来都没有放下的自尊：我曾经很爱你，但不代表我会一直盲目地爱下去。

女人最怕的不是这个男人不爱她了，而是发现倾尽一生所有，最后知道这个男人并不值得她爱。

"我为你荒废的时间，为你付出的等待，如果是值得的话，我都愿意。"

"能不能在一起有什么关系呢？如果你是值得的话。"

假如这个男的，没有因为当初她的拒绝就胆怯，是不是当初就还有机会？

假如这个男的不在乎现有的名和利，坦然对她说出自己的心意，是不是让我们觉得他有足够的勇敢。

女人所看上的男人，无非是对她有真心，还有不惧怕的勇气。

希望爱上的人是顶天立地的男人，坦荡、有保护女人的气势和胸怀。

所以女人在大多数时候爱上的的确是爱情本身。

这样的男人也许只能活在小说里，活在我们的幻想里。

生活中缺少这样的男人，或许说我们始终都没碰到过。

智慧的女人会很爱，然而看清的那刻，退出来也是毫不犹豫。

连告别都不用说了，放下就放下了。

因为只是看清了，也就看轻了。

"但那个拥抱还是真实的吧，让我感受到那一刻他也是爱我的，也有情不自禁爱过我的一刻。"

"我倾尽所有付出的四年，漫长的、寂寞的、无望的、欣喜的四年，换回的是一个真心的拥抱，这就可以了，最起码有过真心相见。"

所以在这段感情中，也不算被辜负了。

即使最后辜负了人，也没辜负过这段相互爱着的时光。

喜欢一个人，是一万次的心跳呼吸，也是一万次的低头叹息。

是一万次的想相守在一起，也是一万次的在心里挥手作别离。

"但是当你拥抱住我的那刻，我决定原谅你的胆怯和懦弱。

爱是我一个人的勇敢，分手也是我一个人的决定。

相爱时尽力，不爱时也毫不犹豫。

我付出真心我不后悔，我忘记你也从不后悔。

放下的那刻，我成全了自己的心意。"

有时候爱是不对等的

郑小乔　48岁　保险从业人员

其实人活一世，什么都很短暂。只有那些回忆是美好的、温暖的，陪伴了你一辈子。

即使知道自己像个傻瓜，我也还是没有学会放下。因为一旦放下了，就什么都没有了。爱一个人，在意过一个人，才能证明这个世界我来过，也曾经爱过。

爱情来来去去从不停留，但是关于一个人的记忆不会随着我们老去而消失。

也许我们都忘不了我们第一次看见一个人的样子。

那个人穿件白衬衫，牛仔裤，一米八的个头，那高大帅气的样子，一出现就俘虏了她。

那时候她十八岁。她的闺蜜喜欢上了他，其实她也喜欢，看见他就心跳。她说在他以后，她再没有感受到心跳的滋味。原来喜欢一个人的感觉真的是可以藏很久的。

那种咚咚声，是多少年不曾有过的寂寞回响。

他当时有女朋友，也是在一个机关单位上班的，但是后来自杀了。

关于为什么自杀众说纷纭。那段时间他消瘦了，以及有点抑郁。她们俩经常去宽慰他。

闺蜜写了封信，托她转交给他，但是那天晚上他却跟她表白说："其实我喜欢的是你。"

那天晚上他们第一次牵手。

那种幸福的感觉，即使几十年以后她述说时，脸上还带着小女孩的娇羞。

也许帅气的男人总是让人欲罢不能吧。她的闺蜜有一天晚上待在他宿舍不肯走，结果两个人发生了关系。闺蜜还特意跑过来告诉她。

她当然很痛苦，无法放开他，但在心里有了个疙瘩。因为舍不得就没有分手。但是父母很反对这一关系，给她介绍其他人。结果有一次被他看见了，他误以为受了她的欺骗。两人分了手。

分手后她依然很难过。经常一个人走到他住的地方。她走到他的窗子底下，一站就站很久，有时候看到他的身影印在窗户上。常常在夜深人静的时候才孤独地走回去。

那段长长的路，一步步，都是一个少女无止尽的失望。

她的心在那刻就像死了一样。

得不到他可是却没法忘掉他。

没有缘分吧。但这是她第一次爱上的男人。即使结婚后她依然留意他的消息，听到他的名字心里就会疼痛。

长得帅又有才气，他本来在单位是被提拔的对象。但是他依然又在男女关系上栽了跟头，跟一个经常来存钱的有夫之妇有了外遇。结果对方的老公不肯罢休，把他的名声都搞臭了，他的婚也离了。事业上有了影响。

过了十年，她在大街上遇见了这个她心心念念的初恋。

无数次的想念，无数次都不敢相见，结果在大街上碰见了。但是见面的那刻她就知道那种感觉回不来了，他再也不是她心里的那个人了。他跟她借钱，活得很窘迫也很沮丧。

他还跟她说其实他从来都没爱过她。

她念念不忘的，为之痛苦过，为之心跳，为了他在窗口下徘徊过无数个日夜，而他竟然说从没爱过她。

真是太可笑了。

那天晚上我们就像老朋友一样聊这些往事，坐在江边。平时我们为生活奔波而忙碌，没有时间回味往事，但是那天前尘往事呼啸而来，她沉浸在回忆里，缓慢地说，我静静地听着。

人常常会倾尽全力爱一个人。

有时候都不知道是什么原因。因为那时候我们都太年轻了，他出现的那天阳光很好。那天的清风拂过面容的那刻，连今天都忘不了每一个细节。在时光的浸润中，在一遍遍的回忆里，成了一个美丽的存在，像是心里一个粉色的泡泡，不敢触碰，很小心地，放在心中最隐秘的地方。

有时候爱是不对等的。你明明很爱很爱一个人，然而对方即使接受了你的心意却依然不爱你。

那些以为爱的时光，其实只是她内心一个人的感觉。

但她还是愿意爱，也许她怀念的是那个对爱情不顾一切的自己吧。

爱像一场美梦，身在其中而不愿醒来。

即使婚姻不那么幸福，即使有时候老公会跟她动粗，即使每天为了活着而奔忙。可是，想着那个18岁的自己，爱上爱情的那刻，一切都还像发生在昨天一样。

其实人活一世，什么都很短暂。只有那些回忆是美好的、温暖的，陪伴了你一辈子。

回忆是最美好的恋人。

她说以前她不理解她外婆经常絮絮叨叨和她说年轻时候的事，现在懂了。年轻时候纯净而美好，爱一个人就真心实意，伤了心就觉得整个世界塌了，悲痛欲绝想死的心都有。现在觉得还有什么，爱情也就那样。

最怕像现在这样再也不相信爱情。

没有爱情的人生像活着没了希望。

在做保险的这些年她认识了很多人。有经历了情殇想不开的割腕自杀的客户，让她看看手腕上的伤疤像虫子一样爬着。有离了婚的中年妇女，心甘情愿被小男人骗去一千万。

有时候也感慨人有时候怎么会这么傻呢？老公那么会赚钱又对她那么好，那男孩又黑又瘦的，怎么会这么喜欢他。

但是感慨归感慨，感情是没道理可讲的。

否则这个世上就没有这么多伤心人了。

感情事，没法说一二，只有忘得了和放不开。

但是放下了就什么都没有了。

爱一个人，在意一个人，放在心里还有个念想，证明这个世界我来过，我活过，我也爱过。没有轰轰烈烈，但至少付出了真心实意。

为了这一点为数不多的真情，多少人愿意付出全部，或者搭进所有人生。

这就是无法解释的人生百相。

心有千千结，也是千千劫。

但那个死过一回的人，活过来以后，一定就会想明白了。

心死了一回，就彻底地放下了那个人。

为爱情死去过，可是却很难再活过来。

慢慢地，我们都成了一个伤心人。只能在这样一个夜晚中，跟一个人聊聊藏在心底的还没发霉的往事，说说那个以为已经快忘记的人。

其实一辈子都想忘但从没忘记过。

就像爱情来来去去可是从不会停留。

我爱过也尽情悲伤过。

我把爱情遗忘在了大街上

赵敏　36 岁　自由职业

车来车往，人潮涌动，谁看到了我低头那一刻的悲伤？说不伤心是假的，我只是想装一下。现代人都爱假装，抬起头来又像没发生过一样。

在这样一个时代里，我们遇见一个人太容易了，我们要忘记一个人也太容易了。

在两秒钟内，她就做了个决定，决定删除两人认识之后的全部微信聊天。

因为不可能，因为不确信，因为不再想，那就不要对某个出现在生命里的人再念念不忘了吧。再想念也只是个路人甲。

在这个城市的很多际遇里，我们碰到了某些人，有过些心动。可是谁的脚步会为你停留，还不是一个转身，就匆匆而过……

没有捕捉到的幻影。

爱情就是个幻影，可怜孤独的人却拼命追逐。

耗尽力气却不见影踪。

我们掉入一段感情会很快，可是决定忘记也就两三秒钟的时间。

那天飞机刚降落在这个城市的时候，她给他发了条微信，他没回。

那是他第一次没回她的微信。

以往他总是很快就回，即使在工作很忙碌的情况下。

后来有事她给他打了个电话，回复说：很抱歉，在开会。

尽管真的有事，第二天她又打他电话，没人接，但是他没给她回电。

那一瞬间她决定放下这个人。

在以往的时光里，她总相信他是喜欢她的。然而喜欢到何种程度，无法测试结果。但现在她知道了，起码你所喜欢的绝没有我多。

爱是舍不得，不忍心，总是想瞬间就回复她的心情吧。

你看看你身边爱你的那个人就知道了，他总是随时随地待命，像一个要上战场的兵。

很可惜，人生总是不平等，就像一首歌里唱的，"我爱着你，你又爱着他"。

即使两个爱着的人有时候都不对等。

爱像是一个跷跷板，一边高了一边就低了去，时高时低。这就是摸不着也看不透的两人关系。

当你不在乎他的时候，他很想征服你。当你很留心他的时候，他却没那么在乎了。

那还要等什么？人还不至于到那么轻贱的地步，一边傻傻等一边安慰自己说那个人总会来的，仿佛走过那个街口就能抬头看见天上星星，那是爱情小说里常常出现的迷幻情景。

在现实生活中的人，忙得往往都没有耐心。

总之，爱情绝没有你想象的那么美，到后来发现多数是你一个人的天真。

虽然在心里保留的美得像个童话，而你也绝不是一个蠢到底的傻瓜。

那就放下吧，忘了吧，也就别再惦念着他。

认识的时间有一年了吧，把这个人揣在心里也有一年了吧。说到底命运也是个很奇怪的东西，一开始只是觉得和这个人有眼缘，看着很亲切，然后就总是在很多场合遇见，就那样把一个人种在心里了。

可是还会有什么？

就像在微信里聊得很熟络，每天都要看到你的头像才会入睡，每天会想念你的笑脸。可是，现实生活中见了还不是一个熟悉的陌生人。

我对你很熟悉，很了解，很懂得，也不过是在屏幕上。

除此之外，各自奔波在路上，无法排解各自的寂寞时光。

得不到回答，却忘不掉牵挂，我变成一个想爱又不敢爱的傻瓜。

在遇见的时候爱上，在爱上的时候把想念当成一种习惯培养。

爱是一种习惯，也即将成为一种本能。

可是无法再继续下去了。

现在的我，只想更自私一点，不要再伤心一点。趁失望还没到绝望之前抽身出来吧，现代人都说要"及时止损"。我想我在爱情里也要及时止损。

让我的心不被砸出一个空洞，不要那么疼，最起码还能保持完整。

那就终止想念。

宁肯再当一个无知无觉的空心人。

感情的温度，有时恒温，有时有升降，冷冷热热像个阴晴不定天。有时候明显感觉他对你的在乎，有时候渺茫得却想抓也抓不住。这就是飘忽不定的人心吧，最难懂也最难把控。昨天觉得离开你全世界就会塌了的人，没想到火速提出分手的也是他，把自己好好惊讶了一把。

真是够狗血的，还好你没掉太深。

再爱你又怎样，生命也就剩虚惊一场，像是夏季里子夜的晚风，吹凉了后背，让我想起我那时候爱上你，好像就在去年的这个夏天吧。

原来再深刻的爱，保质期也只有一年光景，也就重复了两季。对常常整理冰箱扔东西的现代人来说，两季没有腐坏的食物，已经储存得够久够长。

爱情是不是像过期的面包，久了就没有原来的味道了呢？

明年的话，我大约已经不记得你是谁了。

像无数个昨天一样，我走过寂静的街头，又听到了那首熟悉的歌："往日情景仍旧再现，却为何觉得今天有点不一样……"

原来，我把我的爱情遗忘在大街上了。

车来车往，人潮涌动，谁看到了我低头那一刻的悲伤？说不伤心是假的，我只是想装一下。现代人都爱假装，抬起头来又像没发生过一样。

原谅我，请原谅我把爱情遗忘在了大街上。

都说相爱的人不能在一起

陈晓晓　36岁　文员

相爱的人因为心有灵犀，可以在每个季节里遥遥相望，也可以在凡俗生活放下的那刻，幻想陪他一起仗剑走天涯。她未曾在现实世界里给过他的，那就在下辈子里一起给他吧。

那天，几个女的在一家酒店里聊到了半夜，聊到彼此都忘不掉的人。

甲说：那时候我和前夫闹离婚，一气之下跑到上海，在上海认识了一个人。我们在上海的很多地方约会，每次去酒店前，他都会预定一束鲜花送我，他叫我小猪。

乙说：在我那两年的日子里，我幸好遇见了他，他是我的解药。

不知道是谁悠悠地说了句：我好爱他呀，这辈子我最爱的还是他。

丙说：其实两个相爱的人是很少会在一起的。

后来她们都问我为什么两个相爱的人反而不太容易在一起？

我说现实生活里，两个相爱的人在一起的概率太小，是因为太爱了，你就太在乎，容易受到伤害。

所以最好的组合一定是有一个很爱，一个不够爱，这样的组合是能很长久的。

感情不讲究势均力敌，势均力敌的爱谁也不服输。

但是在爱中一定要有一方是先低头的，那个爱得比较多的一定是低头的那一方。

生活就是我们选择了和一个人生活在一起，可是在内心里我们却忍不住怀念着另一个人。

没办法，成年人的感情世界没那么简单。

很多复杂的情感，不是三五句就能讲明白的。年轻人的世界里只有三个字："我爱你"或"对不起"。可是成人的世界活着都很难，感情事掂量掂量就先放一边。

只是权衡后的选择罢了。

我们往往是一边选择了生活，就一边失去了爱情。

结婚很久的人在婚姻中会感觉到平淡。十几年的相处下来夫妻会像朋友一样。有争执有吵闹，但也有让人温暖和安心的地方。

婚姻纵使有很多不如意，对方也不够理想。然而有很多的习惯和牵扯，想脱离一段婚姻是不容易的。

在人生这条漫长的路上，冷不丁就认识了某个人。这个人丰富了你的生命，填补了你内心的空洞，给了你前所未有的感受，甚至让你的心重新开始活过。你甚至笃定你是很爱这个人的，也有过想和他在一起生活的冲动。但是摆脱一段婚姻走入的依然还是一段婚姻，这段婚姻是否会比上一段更好，仍是个未知。你左右摇摆，难以选择。

晓晓一直觉得自己是个很理性的人，没想到有一天也会走入困顿的感情。没办法，再理智的人遇到爱也一样迷茫慌张。

那时候婚姻进入十年期，两人之间的话题越来越少。她在不断成长，走得很快，而对方还停留在原来的起点。

经常陷入无话可说的境地。

有一天她遇到了另一个人，坦白说来他跟他很像。常常误以为是他，穿的衣服，那样的样貌和侧颜，喜欢她的都是同类人，高大帅气。但是不同的是，他们相互吸引，像是认识很久，一见如故。

她的婚姻最大的问题就是两个人不同频，不在同一世界里，有时候无法对话。

而他们却在认识的那一刻，都把对方当成了知己。

无可否认，她爱他。

因为同样的灵魂会吸引同样的灵魂。

感情从来就没有先来后到，只有爱不爱，喜欢不喜欢。

但是想念归想念，吸引归吸引。

即使婚姻到快走不下去的那步了，也绝不是因为我们爱上了另一个人，而是婚姻给不了我们当初的渴望。

她在婚姻中遥望她的爱情理想，也有过分手的念头。

但是总想再等一等，不那么匆忙做决定。

后来有一天一个寂静的夜晚，她和她先生聊天，她问他为何现在变得不可理喻，动不动就发飙？把家庭气氛搞得如此紧张？

人人都怕他，人人都躲他。

他说：也许是看到你和儿子一直都相处很好，却一直把我排除在外，我很不舒服吧。

原来男人也吃醋，但深层次来讲，也许是因为自己被别人忽略了，两个最亲近的人都不在意他，由此而产生的一种愤怒吧，像是被抛弃了的感觉，觉得自己的人生很挫败。

那之后他的情绪渐渐稳定，说话也不那么带点火药星了。

他们之间的相处也正常起来了，好像有变好的迹象。

有一天他们散步的时候，她靠在他的肩头说：我们在一起是不是很快乐？他说："一直觉得和你在一起很快乐啊，只是自己有时候没想通，爱跟自己较劲罢了。现在想通了，就放下了。"

原来在婚姻中，她有她的不适，他也有他的不适。

她走得太快，觉得他跟不上她了，而他看着她和他拉开的距离，也有些扭捏和自卑。

婚姻有时候会触礁，也会有拨开迷雾的时候。

她想起他们在一起的那么些岁月，他都是最先低头的那个人。

因为他爱她，所以一天总要发很多次的消息给她，"吃了吗？""睡了吗？"即使她不搭理他，偶尔想起来撒个娇也就混过去了。

因为他总舍不得对她生气。

有时候他也会失落地说："因为我对你太好了，所以你总是不太在意我。"

其实他也是明白的，或许只是因为太爱了，所以在这段关系中总是落了下风。

她来她走，从来都是按照她的心意而定。

　　什么时候由他做过主呢？也许在这段婚姻中他很多的不适只是他明白她从来就没有属于过自己吧。

　　她有些难过。

　　人如果肯自私点就好了，可惜我们终究不是那么无情的人。

　　人生风雨几十年，在这个路途中，能让两个人相扶着一直走下去的，不是仅仅相爱就够了。

　　比相爱不易的，是相守。

　　世间或许少了很多相爱的有情人，却多的是被命运捆绑在一起的平凡的夫妻。

　　不那么相爱但至少还有相濡以沫的真情。

　　一起抵挡风霜雨雪，一起走过世间不平路。

　　有时候一个人安静下来，她会想婚姻是什么？爱情又是什么？

　　很多年过去了，她对爱情的幻想和期待从来没变过。像她十几岁时希望的那样，找一个心意相通的人过一辈子。

　　但是心意相通的爱有多么罕见！

　　在最好的年华里没遇见，遇见的时候通常又太晚。

　　她爱后来的那个他是真的，心没法撒谎。

　　他爱她也是真的，在这十年的婚姻中，把爱落实到吃饭穿衣的地步。甚至她知道如果哪天她卧病在床了，他一定会衣不解带服侍她一辈子的。

　　每个人看待爱情的方式不一样，也都用自己的方式在爱。哪怕对方没有回报，我也是心甘情愿，一如既往。

　　他是，她是，或许他也是。

　　他只要她在身边就好了，看她闹，看她笑就开心。

她在离开家的时候，在那条小径上走着走着，就会想念心上的那个人。

一个现实的平凡，一个理想的璀华。

这就是人生，真的不是假话。

所有的问题都没有答案，没有对错。成年人的感情，既希望能越过山丘，有人等候，也希望过执子之手的平淡生活。

一个是生活中的伴侣，一个是灵魂上的知己，能集于一身就好了。

可惜很多人都没有这么幸运。

是我太贪心了吗？

可是谁不是这样过生活，左手现实，右手理想。

现实和理想常常隔着一条银河的距离。

可能爱情会渐渐变冷，变淡。可是亲情、挂念，彼此间的习惯如顽石一样存在，爱情常被生活取而代之。

但爱情总归是我们不能放弃的理想，否则还有什么可以支撑着我们继续前行？

她终于想通了，决定把他当知己，就那样放在心里。

把他当家人，一起牵手老去。

知己可以谈天说地，家人却是一辈子都放不下的责任和义务，责任在前爱在后。

她爱的人得到了爱，不曾亏欠他。

爱她的人得到了她，相互体贴着。

相爱的人因为心有灵犀，可以在每个季节里遥遥相望，也可以在凡俗生活放下的那刻，幻想陪他一起仗剑走天涯。她未曾在现实世界里给过他的，那就在下辈子里一起给他吧。

她的情义他懂，因为相知。

而他需要一个平凡的妻子，她就在他眼前做一个平凡的人。

嬉笑怒骂都是生活，学着做一对布衣夫妻。

学会放下，不是低头，而是总要有所取舍。

否则对谁都是辜负，既辜负了自己也对不起他人。

下半生我可以身在菜园里，仰望天上星空。爱是天边最璀璨的星河，星星是爱人最亮的眼睛，仿佛总是带着温暖的笑意。

曾经遥望过，现在也在遥望。

这样的生活，也很好。

给自己的心灵找一个栖息的处所，给自己的躯壳找一个实在的家。

突然想起仓央嘉措的那句"世间安得两全法，不负如来不负卿"。其实世间哪有两全的事呢？只是权衡之后做的选择吧，完美的世界本来就不存在。

那么，这就是我最好的选择了。

晚点遇见你，余生都是你

方以诺　40岁　自由职业

我已习惯把你放在心里，从不打搅也从不刻意靠近。

这是最好的相处。

有一天她给他发了条微信。

"年轻人注重爱情的感受，中年人看重对情义的坚守。前者浪漫而不深刻，后者却情深而不悔。所以我常常觉得人到中年才懂得爱的。"

人到中年才会爱，但是那时我们都不是自由身了。

但是对感情的体会和感受，却刚刚开始，甚至比年轻时来得更深刻，更热烈。

因为有阅历，也因为更懂自己和别人。路上的风尘不会迷眼，所有的诱惑能轻易看破。不是我的我不要，该拒绝的随时拒绝，绝不拖泥带水。也不会在一段感情里再执迷不悟纠结下去。

或者说看开了，曾经拥有过就是种幸运。

因为懂得，所以不会强求。

每个人都有每个人的无奈吧。

心可以无拘无束自由自在，身却在万丈红尘中无法解脱。

我们如此爱一个人，我们就会谅解一个人。

习惯把爱情藏在心里，像发酵的美酒一样。历经了岁月，反而味道更醇厚了。

我相信，少年时代的爱情会很美，但也会很轻浅。

中年时代的爱情，虽无法言说也不便言说。但是有了时光的浸润，有了回味，反而像秋日黄昏有一种淡淡的柔和。秋天的太阳从树梢中洒落，留一地浅淡的金色，还有风中那若有若无的桂花香飘过。走在那里，心都一片祥和和简单。

没有春季的绚烂，没有夏天的炽热，没有冬的凛冽，秋天就像一个安静的素人，洗去所有的浮华，看着秋水共长天一色。

静静地等着，从不言语。

秋天是一个安静的季节，不喧嚣不吵闹。

也是一个适合等待的季节。

等待一个从来都不会出现的人，等待没有结果的结果。

静静地等。

我看到庭前的树叶落了，看到秋日的花黄了，看到果实成熟了。

等此生不会出现在面前的那个人。

或者盼来年的秋天，再走到那颗银杏树下，看叶子飘落，看秋日花黄，看阳光从指尖泻下，像沙漏一样。

时光如秋水，静静地走过。

再没有像秋天那样让人舒服的季节了，再没有在秋天挂念一个人如此安然。

我已习惯把你放在心里，从不打搅也从不刻意靠近。

这是最好的相处。

也是世间最完美的爱情。

都说遇到爱情会有点晚，但那又如何？

比没有遇见的，是更好的遇见。当下的那刻，彼此心里都没有遗憾。

年轻时候的爱情，常常转瞬即逝，大概是那时候的自己还没定性，还没定型。所有的变数都很多，你要走哪一条路，在这条路上你还会碰到哪些人，尚未可知。

等到中年时，你想过的生活渐渐有了模型，知道你会喜欢哪种类型的人。

这时候你遇见了某个人，会有"晚点遇见你，余生都是你"的感慨。

爱无早晚，也没对错。

它常常不请自来，然而来的时候，一切都是正当的时候。

我们都无法做到云淡风轻

陈敏真　38岁　花店老板

比伴侣差一个机会，却无法把对方当成一个普通人，在这样尴尬的境地中，谁都无法再往前一步。

时光像是一个巨大的河岸沙滩，潮水退去，真正留在心里的，都会浮出水面。所有的真伪，爱和遗憾，都会露出原来的样子。爱的人更爱，遗忘的人早已遗忘。

有一天她看到一个过去的朋友给她的微信圈一连点了十多个赞，一长串他的名字出现在手机屏幕上，换作在很多年前，她的心里会很不爽，会很难过。

然而那天看到那个名字的时候，像是看到一个陌生人的名字。无悲无喜，无爱无恨。

"因为一切都过去了，你已不在我心上，我已将你遗忘。"

她想起他们的少年时光。

51

他们在一个小镇上长大。

年少时一起谈天说地，一起出去游玩。他经常走路穿过大半个镇子来她家里，腋下夹着几本书。他们在一起看书交流，那时候一切都很美好。

他们正青春。

后来因为什么事情分开了呢？是因为两人和另一个女孩的三角关系被撞见了。她能接受他喜欢其他女孩，在青春时代，受一个人吸引爱上一个人并不奇怪，但她不能接受的是对她的隐瞒。

爱需要他坦荡荡地说出来，最起码得表白和纯粹，这样还能和他继续做朋友。

爱情算什么？十几年相识的情谊怎能说丢就丢？

可惜年轻的时候都喜欢玩暧昧，总觉得自己身边出现的人越多越好，总拖着几个人没有挑明，总想着走着走着就会有答案。

结果有些人自动离开，一转身就是一辈子的不相见。

从此天涯两路人。

二十多年过去了，他们不再见面，也听不到对方的消息。

生活的所有起落，辗转浮沉好像都和对方没有关系。

只有在回到故乡的那刻，看到熟悉的景致才会想起以往。她会想，他过得还好吗？

对他的印象还停留在二十多年前。

那时候他是一个穿着牛仔裤，一脸温柔笑意的少年，她是一个倔强的从不低头的女孩。

所有的这一切在分手的那刻停滞。

时间淘去了所有的爱恨喜悲，那些都不重要了。一切就放在心里好了。

过去的，随那江水一起奔流吧。

永不回头。

人生中就没有过回头的时候。

忘记一个人会很容易，也许是因为那个人并未放在心上的缘故吧。

时光像是一个巨大的河岸沙滩，潮水退去，真正留在心里的，都会浮出水面。

所有的真伪，爱和遗憾，都会露出原来的样子。

爱的人更爱，遗忘的人都已经遗忘。

然而，要忘记你是很难的，至少我无法做到对你云淡风轻。

每一次在穿过火车站那个站台的时候，我都仿佛看到你朝我走来，带着一脸灿烂的笑容。

每一次坐在靠窗边的那个座位，就忍不住地思念。

每天想说什么话，就想第一时间告诉你，然而总是忍耐下来。

无法找到一个理由来看你，无法穿越几百公里去看你。

好像永远都找不到一个名正言顺的理由。

我们总是差了那么一点。

比伴侣差一个机会，却无法把对方当成一个普通人，在这样尴尬的境地中，谁都无法再往前一步。

然而思念是一个巨大的泥沼地，我陷在那里，动弹不得。

原来不爱的人才会不理会，爱过的人却怎么都做不到不在意。

在微博上看到一段对话特别能触动我。

"何为思念？"

"日月，星辰，旷野雨落。"

"可否具体？"

"山川，江流，烟袅湖泊。"

"可否再具体？"

"万物是你，无可躲。"

或许真正思念一个人就是这种感觉吧。

见山是你，落雨是你，飘雪念你，落叶念你；无时无刻都是你的存在。

不爱的依然不爱，爱过的却怎么也难以忘记。

面对心底里藏着的那个人，我们永远都无法做到云淡风轻。

相遇是一种缘分

应晓天　43岁　自由职业

幸福的人一定是心意相通的人。即使相隔万里，想到这个世上有懂得我的人，这一定就是幸福。即使因为错过机缘不能在一起，又有什么关系呢？心在一起比什么都重要。

我有几个相交很深的朋友，有时候一起谈论我们各自喜欢的那个人。

我们是真喜欢，但是爱得却并不盲从。

经历了年轻时候的热烈，现在这个年纪更看开些了。

就像我自己说，就做个知己也很好啊，其实反倒做知己能长久些。

心里有喜欢，也不纠缠彼此。默默地关注着，也不随时问对方要答案。

比如年轻时常问"你到底爱不爱我"，那时候对感情看得太重又对自己不够确信。

现在一个眼神就能肯定，但是不会宣之于口。

只是互相了然，就够了。

中年人的感情，也是要豁达些呀。

遇见了就好。

我说我特别喜欢这句话，也喜欢这种超然的态度。

不纠结要不要在一起，没有纠葛爱恨，只是心里的欢喜一点点地溢出来。

生命只是一场遇见，我在遇见你的那刻，欢心愉悦，这种触电般的感觉，仿佛让我的生命又重新活过了一次。

这种女人是我喜欢的女人，对待感情很真挚但不拖泥带水，也不纠结，活得很通透了。

我相信男人会更爱她，因为她是他的山高水长。唯有山高水长是不会老去的，不然，所有的爱情都会在日复一日的柴米油盐中死去。

世人常说陪伴是最长情的告白。但我觉得不是，很多陪伴在一起的人未必真正幸福。

幸福的人一定是心意相通的人。即使相隔万里，想到这个世上有懂得我的人，这一定就是幸福。即使因为错过机缘不能在一起，又有什么关系呢？心在一起比什么都重要。

重要的是想起他就很温暖，想起他就幸福。还有什么好过当下那刻的感受？

某人某天

陈淑珍　32岁　企业老板

有时候命运真够奇怪的，充满连她都解释不了的巧合。

如果总有一些人，总有些记忆，无法从心里真正抹去，那就不要把它抹去吧。

认识了某个人，在某一天。也忘不了某个人，在每一天。

有一天她发了条微信只是想倾诉一下苦恼，说了一大堆，然后也没期望他会回。

她只是把他当树洞了，小的时候有什么秘密就藏在洞里吧，最安全，也不会有人知晓。

他是她的树洞，有什么话第一时间就想说给他听。

然而，冷不丁地，他回了一句："有人在追求你吗？"

追求倒不至于，对方也有头有脸有身份，但喜欢是很容易看出来的，一看到她神色就不自然，手也不知道往哪放。两个人在一起，连空气都有点怪异。

但她没想到他会回这句，她惊讶他的坦白和直接。

还好，至少他没随意说"哦"。

第二天她给他回了句：我看到某人其实挺开心的，看到他有点不大自在，这就是区别；其实某人看到我也挺开心的，这种敏感度我还有，人很难抗拒吸引。

他是她口中的某人。

这个某人听到了她的告白，是否很开心呢？

有时候命运真够奇怪的，充满连她都解释不了的巧合。

冥冥中总是能够遇到这个人。

第一次对他有印象是在西湖边的一个茶楼里，一帮人开了个会，结束的时候走出来，他刚好走到她旁边，她觉得这个人看起来比较亲切，像是相识很久，有种天然的信任感。

后来两个人总是碰见，在咖啡馆，在医院里，在很多的场合。有一次她逛街突然想跑到省城的医院看一下皮肤，他突然推门进来也来看皮肤，她一转头，他赶紧退出。怎么会有这么巧的事。

真邪门，后来她跟他说："命运真是个奇怪的东西，我总是能碰见你。"

她每天去跑步，然后会看一下微信步数，后来有一天发现他的头像突然跑到她下面来，什么时候他离得这么近？这是什么鬼？连手机都邪门。

结果每天一运动完，打开页面就看到他。

像是生命中无法摆脱他一样。

她为他而心神不宁，这么多年已经很久没有人走进她的生活。

尽管两个人聊得很投机，也相互滋生了一些欢喜，然而她并不想出现这种意外。

她提醒自己某人只是个意外。

她删除了所有的聊天内容，也想把这个人移出局外。

"对不起，我只是不去想很多东西，我无法控制自己。"

"我害怕失去了我自己。"

通通清空吧，把手机清空。看不见就不想了。

可是能否把大脑也清空呢？这样就不至于想念成灾了。

可是每天的微信运动上他还是和她捆绑在一起。这是什么鬼？

她到今天都无法知道她的手机到底出现了什么问题？就像人生有些谜题是没有答案的。

就像她喜欢某人，某人也喜欢她一样。

生命照样有谜题未解。

我们常常会遇到某个人，在某一天。

我们也常常会无法忘记某个人，在每一天。

就像你可以假装删除聊天记录，可是谁能删除心中过往？

谁又能把谁从心中抹去呢？

像掸去一点燃尽的烟灰一样。

某个人，心里还是装着某个人，就像我们总是习惯假装和说谎。

面对自己也是习惯说谎，我们总是不能够如此坦然地去爱一个人，爱情到来的时候我们总是惊慌地转身。

我心中永远的圣地

黄咪咪　36岁　自由职业

它是一个神奇的地方，让我一个南方人，第一次因为一个人而爱上了那个地方。

爱情的不公也许是你多年的陪伴却抵不过别人的一抹笑，一次不经意的嘘寒问暖。

"你看到我经常在笑，可是我的痛苦你没看见过。"

"当然可能很多人都会笑我，身在福中不知福。可是他们又不是我？他们怎么知道。"

很早的时候她会和别人说自己的感受，后来觉得别人都理解不了的时候，她就不愿意说了。

就像我说的，自己的痛苦只有自己知道，别人不一定能理解。那我干吗还要说呢？

"是的，我的生活不错。老公对我也很好，几乎百依百顺，看起来好像是很顺遂的呢，可是为什么我不快乐，心是空的呢？"

一个人对你再好，你不喜欢，也是枉然。

这是怎么都勉强不来的事。

有的时候觉得一个人更自在吧。

你明明不爱一个人，可是在身边你总要回应他的付出，他的热情，他突然的亲昵动作，有时候也别扭吧，可是你总要回应几句啊，这其实是件很累的事情。

假装爱是件累人的事。

爱情原来是勉强不来的。

从前以为时间会改变一切，所以接受了这段婚姻。以为时间能培养爱情，但是却发现没有用。

原来有些东西不是说想有就有，不爱就是不爱的。

"外人看来会为他叫屈，其实我也一样难过。"

不爱的婚姻，各有各的不适。本来互相爱着应该是多开心的事啊！

两人都很轻松自在。可以逗趣，也可以笑着沉默。

"他对我太多的爱，我是负担不起的。你懂得吗？"

"我看到两位名人夫妻的很多合照我就知道女的不爱男的，因为他亲她的时候她是抗拒的，女人对这个很敏感。其实我想到我自己，因为我也在那一刻会偏过头去。这是本能的拒绝亲密。"

身体是很诚实的啊，身体不会说谎。

如果你爱一个人的时候，那种女人的娇羞，就活脱脱的像一个恋爱中的女人啊。

如果你爱一个人，你就会想亲近他，就想紧紧密密地黏在一起，像两个糖人一样。

"而我没说谎。我知道，我一直都不爱他。"

"给我再多的时间都不会爱的。爱是一种感觉，我缺少的是感觉。"

怎么办？

"有一次我在西藏遇见了一个男人，其实是在旅途上认识的，他当时开着一辆吉普车，脖子上扎着一根领巾，好帅的样子，他朝我走过来说了几句话，当时我就被他吸引了。"

"你相信一见钟情吗？我是相信的。"

他是北方人，有北方人特有的豪爽和大气。

他说一看她就是个南方人，有南方女人的水灵气质。

他们只交谈过几次，但是都很愉快。

最后分别的时候，他们互相留了个电话。

但是她从来没找过他。

"找他干什么呢？我不知道他所有的情况。如果他已婚，如果他只是把这旅途当成一次普通的邂逅，我多尴尬呢？"

"不过回想一下他对我是有感觉的，最后的那天在藏族的村落，跳锅庄舞的时候，他看我的眼神很不一样。我相信那种感觉。直觉不会错。"

"也许有一天我会给他打电话的，或者假借旅游的名义绕到沈阳去看他。"

有什么关系呢？

想见就见呗。

生命中也许会有惊喜，也许没有。谁知道呢？

"但是我永远记得他从那辆车上下来走向我的那个时候，我相信那一刻是爱情朝我走来的时候。"

"西藏，是我永远怀念的地方。"

它是一个神奇的地方，让一个南方人，第一次因为一个人而爱上了那个地方。

那是她心中永远的圣地，今生回不去的故乡。

北方的飘雪，南方的暖阳

小晴　28岁　健身教练

爱是一个谁也解不开的难题，有些是命定的缘分。就像小晴的遇见了，纠缠了，也许有一天分开了，然后就放下了。

"我是一个北方女孩，来南方有两年多了。我挺喜欢南方的。这里的空气没有那么干燥，而且小城市待着也挺舒服。我是我一个师兄介绍过来的，现在在一个健身场馆里当教练。你别看我长得像个大美女，其实我喜欢搏击和有重量的训练。我性格可像个男的呢。"

当她说完的时候，总是会带着"咯咯"特大的笑声。

认识小晴是在健身馆里，她的身高和形象在那里特别引人注目。一米七八的身高，走路带风。后来她成为我的私教。熟悉了之后她告诉我说她原先是做模特出身的。我看到她拿着奖杯的一张图片，那时候她还在读大学，在一次全国性的比赛中拿到了亚军。站在台上的小晴，穿着一件晚礼服，特别光彩照人。

我很奇怪小晴为什么改行，也许是因为做模特是吃青春饭的吧。那行竞争特别激烈，好的时候能接到活，不好的时候失业几个月是常有的事，她不想过那种朝不保夕的生活。

她又爱健身，就往这条路上发展了。

一开始我总觉得这么漂亮的女孩追求的人会有很多。但像她自己说的"像我这种男人的性格谁敢呀"，她也不太喜欢南方的男孩子，总觉得这些人不像男人。

小晴眼里那个像个男人的男人，小晴把他的照片给我看过，她手机的屏幕上就是他的照片。一个长得不那么帅却荷尔蒙爆棚的男人，超大的胸肌和腹肌，他是练拳击的。我想这的确是小晴喜欢的类型。

我看过他的自由搏击，用小晴的话说一分钟能几百下呢。说到这的时候，这个平时怎么看都不像小女生的人，一脸的花痴样。

小晴有多喜欢那个男人呢？每天睡觉之前两个人都会在微信上聊天，然后发一些很可爱的动物图片，像热恋中的情侣，嘟嘴，比爱心，两个人都很萌。

小晴只跟我说过这个秘密，因为在南方，我是她第一个信任的人。

男人是她的师兄。当时她来南方，是他答应师傅要照顾她的。

但是他有家庭。

我听说他是某地一个武警支队的教头。

还有什么要跟小晴说呢，好像说什么都不合适，作为一个旁观者，我只要看着小晴快乐就好了。

我知道，漂泊的人渴望有个依靠。

这个城市不是她的家，她的家在遥远的沈阳。

那里冬天很冷，十月底就开始飘雪。

穿越了大半个中国，从最北走到南，小晴是不是为追寻她的爱情而来?

不然真是没有理由待在这里。

爱情在某个地方萌芽，然后在这个城市生长。

当我们老了的那一天，我们一定会很怀念某个地方。那个地方不出奇，但一定和你有关系。也许是你刚遇见他的地方，也许是你和她定情的地方，也许是你永失所爱的地方。

我们会凭吊那个地方，一遍一遍地回想。

那里的一草一木，那里空气里流淌的味道，那个和你牵手的人。

有关他和你的所有记忆，有关你青春时代的爱情。

而在这其中，你一定滤掉了那些争吵，只留下那些美好的记忆供自己凭吊。

人这一生，最放不下的就是那些感情事。

最忘不了的，是心里的那个人。

否则，我们一遍遍地寻找，是为了什么呢?

我看过小晴爸爸妈妈的照片，他们一家人海拔都很高，颜值也很高，却是一个特别朴实的家庭。爸爸开那种很长很长的车，运输特殊物品，妈妈就跟车。她说他们过得很辛苦但也很快乐。

她不想再让他们那么辛苦了，每个月总会寄几千块钱回家。

后来小晴到另一个城市发展去了，我们的联络渐渐少了。

有一天我打她电话问她的境况，她说人有点不舒服，早些年练太狠了把自己伤到了，现在在考虑做其他发展。人总要为以后着想，毕竟二十八岁了呢。做教练其实也是个搬砖的活。

"那他呢?"

"他很忙，都不怎么来。

"我也习惯了。我现在就想还是我自己得有份事业才行，你说是不是，姐。"

她照样叫我姐。

她说我是这里她最信任的人。

北方的飘雪，南方的暖阳。北方的女人遇到了南方的男人，迁移到了这座城市，她不一定习惯这座城市和这里的气候，但一定会因为爱上了一个人而开始爱这座城。

爱是一个谁也解不开的难题，有些是命定的缘分。就像小晴的遇见了，纠缠了，也许有一天分开了，然后就放下了。

谁也不知道下一刻。

但这座城市一定见证过她的爱情以及她孤独的等待。

等待偶尔会来敲她门的那个人。

有一首歌《下雪哈尔滨》是这么唱的：

留恋一个城市往往因为一个人

她让你想念

我好想念

道里中央大街

道外纷飞落叶

飘散如你洁白如雪

在没路灯的大街

我走在下雪的哈尔滨

当风霜撕碎年轻的脸庞

在没冬天的南方
你如果遇见下雪的哈尔滨
就抱紧我
就当青春没走远

留下一个故事写满只有两个人
彼此想念也不知疲倦
嘿～年华似水如烟谁能再来一遍
往生如你刻在左边
在没路灯的大街
我走在下雪的哈尔滨
当风霜撕碎年轻的脸庞
在没冬天的南方
你如果遇见下雪的哈尔滨
就抱紧我
就当青春没走远

就当青春没走远，
不和昨天说再见。

相信某个人会点亮另一个人的人生

陈晓梦　42岁　高校教师

带着满腔的雄心和欲望，总想去征服这个世界，总是以为凡是我爱的必将会得到。

我们都曾经如此骄傲。

然而，人这一生知音太少，所以有时候我们难免会丢掉自己的骄傲。这或许是我们愿意低下头，主动亲近别人的原因吧。

她想给他写一封信。

一封从来不会寄出去的信。关于那些话，一直想说给他听，但是一直都找不到机会和他说。他的身边经常围着很多人，她的身边也围着很多人，而且只增不减。生命如此热闹，却总是等不来两个人单独相见。

因此那些话兜在心里已经很久很久，或者再不说，可能来不及说了呢。

因为总是等不到机会遇见，我们总是来去匆匆，在某条高速路上，在某个飞机场，在下一站的路口。

前天晚上她在看一档访谈节目，嘉宾请了陈鲁豫、马未都、马家辉，谈及我们为何变得爱哭了。

鲁豫：人年龄越大，内心越柔软。

马未都：我比年轻时更会流泪，年轻时哭，大部分是委屈，年岁大的人哭，大部分是感动。日子过得快是每个人的感受，突然自个儿就变老了，变得爱哭了。

也许是对于情感的诉求变得丰富了呢。

年轻的时候我们从不关注情感，总觉得这很多余，带着满腔的雄心和欲望，总想去征服这个世界，总是以为凡是我爱的必将会得到。总是走得匆匆忙忙，总以为多的是时间呢。后来发现时间如沙漏，数十年过去，真正留在你身边的也就那么些人，而且只会少去，没有多起来。

而有些人是永远都不会属于你的。

世界那么大，走进你心里的人却那么少。

有一天回首过去，生命何其苍茫，都一样的两手空空。

她突然心血来潮去查鲁豫的出生日期，1970 年，已经 50 岁了。

人生是不是真的走太快了呢？看看凤凰卫视的一帮主持人，从年轻时就看他们主持节目，窦文涛、陈鲁豫、许戈辉、吴小莉，还有那个蔚迟已经成了一个发福的中年人。

所有的时光都会溜走。爱过的以及恨过的，都会消失不见。

名人和普通人，其实没有什么两样。

早生的白发和爱哭的眼睛，以及内心隐藏的孤独和脆弱。

没有谁比谁高级。无论身在高处还是低处，其实我们都还是那个一无所有的孩子。一边渴求有人能给我安慰，一边暗自心伤得不到自己想要的彩色糖果。

如果她再不给他写信，哪一天他们也就突然老了，他还能不能听到她的声音？

我真怕有一天我们会老去，而我要说的话永远都来不及。

那一年她出去学习，听了他一堂课，因此喜欢上他的课。

他反应很快，有时候又带点直接的风格，跟她以前听过的课都不同。那些讲师总是讲得不痛不痒，听起来很像一回事但从来没触及她的内心。

但他的课讲得接地气，像他的人一样真实。

尽管很忙，但是有时间她都会去听他讲课。

那时候她刚进入一个瓶颈期，不管是家庭还是事业都难以突破，像全身都有一层厚厚的壳。难以打破这层壳，人是不是就无法获得新的生长？

上他的课有些难以言说的快乐。

见到他也有快乐。

暂时忘记那些不愉快，像是找到一个释放的缺口。

后来两人的合作终止。

从此后两人再也没有在课堂上碰见。

每人都忙于事业东奔西走。

她写书，画画，把自己以前丢下的东西又捡回来，找到了一个更好的起点预备重新出发。

他也是，公司经过一段的波折重新规整。

一堆的事要忙，一波合作的人要谈。

忙碌的两个人各自走在奔波的路上。

而关于这封信她是这样写的。

离开你的课堂大约一年的时间，然而世间万物已经更改。

我依然怀念。

那时候我情感麻木，而有人照亮了我的生活。

我相信某个人的出现，是会点亮别人一整个人生的。

像太阳照到了河岸上，草木青青，而天边有朵盛开的云。

我会永远怀念这段相逢的时光。

这封信她永远不会寄出去。

有些话永远都不会说出来。

就像我们明明藏了很久，总想当面说给他听。

但是却永远不敢说出来。

情人知己

小美　38岁　自由职业

世界那么大，总要和一个人去看看。

才不至于辜负这人间美景，辜负荒废了这一辈子才等来的合适的人。

一个好的伴侣，胜过世间所有繁华。我最大的愿望，也只是想和你牵手看这个世界而已。

有时候所谓的情人知己，也许是和你端一杯清茶就能道尽所有沧桑事的那个人吧。

这半生，我们有时候说了很多言不由衷的话，也说了很多不得已的话。很多都是场面话，端着的，装着的，藏着掖着的。

然而，能让你放下一切包袱，可以自由自在坦露心里事的，也许就那么一个人吧。那个人才是你的好情人，真知己。

不需要你说太多，就能明白你。

有时候很多话都是讲给不明白你的人听的，然而没有感同身受，又怎能听得懂？对一个懂你的人来说，一个眼神就够了。

心意相通是这个世界上最难得遇见的。

而遇见了，才知道这个人是一生中最重要的人。

所有的一切都需要时间来见证。

见证一个人的真心，是否会随着时间而淡去。

她告诉我，她一生中最重要的一个愿望，就是想和一个人手拉手去旅行。

但这个人一定不是家里那个经常一吵架就说"你滚吧，滚出去了就别回来"的不解风情也不通世故的人。

所有的美好都在这段不合适的婚姻里被磨灭得差不多了，那些浪漫的年轻时候的幻想，以及天真。只留下一个愿望：今生想和一个人走一趟，去看看这个世界以及万水千山。

那曾经被困顿在婚姻围城里无法摆脱的今生，能否按照自己的心愿活一次呢？为了心里那不羁的追求自由的灵魂。

以前总是碰不到那个人。

后来终于遇见了。为什么会觉得他是，也许真的是种感觉吧。就是两个人不说话也有种默契，有时候她去办点事，他就在门口等她，帮她拿包。她身体不好，他会给她送点红酒和吃的保健品来。他是个很细心的人，跟她保持一种合适的距离，不特别靠近但让人觉得很舒服。

她是一个很有风情的女人，他是一个很成熟的有才气的男人。

在最成熟的年纪，碰到的一段合适又匹配的爱情。

彼此都觉得相见恨晚又恰到时候。

他有时候穿一件白衬衫在那里静坐，她就觉得像是有段好时光在等着她来。

他们漫步在那条路上，有时候连沉默都是一种欢喜。

见到他就好了。所有的话都想对他说出来。

她还是想跟他一起去旅行，去一个陌生的从来都没有去过的地方，就和他两个人。

原来再封闭的内心，遇见一个人，也是会像花开一样舒展开来。

世界那么大，总要和一个人去看看。

才不至于辜负这人间美景，辜负荒废了这一辈子才等来的合宜的人。

她要和他牵手去旅行。

他和她的爱情，总需要这万水千山来见证。

假如我们都不再需要彼此

小黄　38岁　文化公司老板

让他知道她很需要他，她们都很需要他，这个家他最重要了。她要帮他把他的自信给找回来，连同他们丢失的爱，也一同找回来。

有时候我们感觉没有爱了，其实是缺少了爱的行为和能力。

假如我们都不再需要彼此，婚姻是不是只剩下一个空壳？

有一天晚上坐在沙发上，她先生问她今天刷了几千块钱都买了什么。那张信用卡是他的。

她说买戒指啊，然后在他面前晃了晃，"好不好看"。

是一个很细的彩金，现在流行的款式。

然后顺便又捎带了句："反正你也不给我买，那我自己买。"

他突然认真起来，看了看，皱着眉头说："不好看，你的手应该戴一只粗的更适合，我陪你去换一只。"

她说我觉得还好啊，他却很认真地说："这个款式真的不太适合你，因为你的手指没那么细，像你平时戴的那个珍珠戒指就

76

很适合你，很大气。我陪你去换一只，挑一只更适合你的吧。"

这时的他无比热心，好像换了一个人似的。

后来看了下时间，晚上八点多了，真的太晚。他说那我明天陪你去。

戒指好不好看，她真的不在意，倒是他一下子像换了一个人似的让她很惊奇，他再也没有那种好像天下事不关我的事一样。

以往她常常责备他老是玩手机，对女儿和她总是不闻不问。她诧异于他今天的反常。

第二天她还在琢磨这件事，后来想着想着就有点难过起来。

平时她经常责备他玩手机，是不是他觉得家里这两个女人都不再需要他才这样呢？自从她在事业上一路高走之后，他们之间的交流越来越少，虽然没明说，但是话说了几句就不想再说下去了。她觉得很多东西他都不懂，她靠她自己赚的钱买东西，连女儿都喜欢她，因为跟妈妈在一起有乐趣。前几天开家长会女儿都要指明让妈妈去开，怕爸爸说话太落伍丢她的面子。他在这个家里越来越不重要了，只能一个人窝在沙发上玩手机，说的话也越来越少。

所以他才会那么迫切想给她换一只戒指，以此证明他的价值，她还需要他。

她想起来他的眼光其实是很好的，他说的对，她的手指确实是需要一只宽一点的戒指，平时他有些建议其实也很好，但他现在的状态不如她，所以她对他有些轻视，很多话都当耳边风了。

她明白了这些，原来他玩手机、他表现得有些无所谓是因为在这个家里体现不到价值感了，她们看起来好像都不再需要他。

她突然明白了婚姻中的很多问题，以为这些问题都是他带来的，他不能干，他没有上进心，连带着女儿都对爸爸有了意见，却没想到有些问题其实也是她带来的。

事实上他原先就不是一个在事业上有追求的人，他的一切都没变，是她变了。她拿衡量别人的尺子去衡量他了。

她想起来他们年轻的时候，她记得第一次见面，他穿着一件白衬衫，一条牛仔裤在人群中很显眼。在人潮人海中，他是最醒目最帅气的那个。

那时候她急着想抓个人回去结婚，但这个明显不是她的菜，太帅的男人太难搞定了。

然后他们就天南地北聊了一通，聊完后她就说她要走了，他说那我送送你，她说："不用了，我们以后不会再见面了。"

没想到他对她上了心。

隔几个月后她接到他的电话，约她吃饭。她想，难道他对她有意思？后来又吃了几次饭，她说那我们结婚吧。那时候她快要三十岁了，大龄女青年顶着各方面的压力，反正现成有一个先抓住再说。他想了想说好。

后来……

后来她一直往上走，他的人生事业却一直没起色。

本来他就是个随遇而安的人，对生活和事业一直都没规划。

后来两个人活出了两个不同的世界，她越来越自在自得，在这个时代里如鱼得水，而他连眼神都被蒙上了一层灰，像是一个被时代渐渐抛弃的中年人。他的帅气被淹没在每天起早贪黑的庸常里。

她渐渐心灰意冷，他渐渐暗自消沉。

他们在婚姻中成了客气的陌生人。

当我们不再需要彼此的时候，是不是婚姻走下坡路的时候？

她决定晚上让她先生陪她去换一个戒指，她想完成他的一个心愿，为他老婆挑一个合适的戒指。可能对她来讲不太重要，戒指毕竟只是个戒指，但她知道这对他来说无比重要。

因为那是他在行使他的权利，他想给她挑一只戒指，当他给她戴上一只合适而完美的戒指的时候，证明这个丈夫做得很合格。

他因为为她做了这件事而感到自己存在的价值，因为被需要而感到自己存在的意义。

她要给他这个机会。

她也要给他们的婚姻一个机会，并且在以后的无数次这样的生活片段中给他这样的机会。

让他知道她很需要他，她们都很需要他，这个家他最重要了。

她要帮他把他的自信给找回来，连同他们丢失的爱，也一同找回来。

她这样想着。

有时候一等，就是一生

陈晓　40岁　自由职业

你一定不想让他知道你曾经来过……

你有没有等待过一个人，耗尽了长长久久的一生？

等一个人慢慢靠近，等得如此心慌却看不到他走过来。

你还要等下去吗？

等到这个城市天边渐渐亮了，等到路灯变得昏黄，等到一季的草都枯萎，你还要不要等？

所有的时光都很漫长，然而所有的时光在他没来之前都毫无意义。

你还要不要等下去，浪费一整个生命在等。

像一只高飞的鸟在找一片可供它停下双脚栖息的树林。

你总在寻找，你有没有找到？

你是个固执的旅人，想要去看乞力马扎罗山上的雪，想看看他的爱像不像白雪那样纯洁。或者你想潜藏到无尽大海的深处，找寻他的真心。

抑或是覆盖了半山的红叶，还没等靠近就先把自己燃成灰烬吧。

你总是那样，像一只踮着脚被惊扰飞去的鸟，扇动翅膀在天空划过一道弧线，如果不是刚巧有一片羽毛掉落，你一定不想让他知道你曾经来过……

你悄无声息飞过他的天空，只有一片羽毛掉下来，掉在那片树林里——在你曾想停下栖息的树林里。

你无比眷恋那片你属意过的树林，即使已经飞在了万米高空。

总是来不及说再见

童瑶　36岁　美食编辑

那一路顾左右而寻她的神情，终于让她知道，原来他也有所等待。正如她一直等着他来。

总是等不及好好告别，我们都已经习惯转身。

我们在开始一段新恋情的时候，从来没有想过说分手，有时候也的确不是人为地想要分手，而是时间这个推手，一次次把我们送到被动的边缘，来不及说再见就已被迫分开。

一个人成熟的标志，可能就是遇到了很多事，已经不再去探寻结果，因为有些东西是没有结果的。

年轻时我们总要问为什么，"为什么你选的是她而不是我"，"为什么在那一年你要不告而别"，可是做过了告别又能怎样，还是说我们以为还会有另一种结局和可能？

在半年后我问起小童和他女友的消息，他只是淡淡地说：

"我们好像已经在忙各自的事情，很久没联系了。"

我忙我的工作，你有你的生活。横跨在两个人中间的，是两个国家和半个地球，我们都不可能丢下各自的生活圈回来。感情虽还有些惦念，然而在电话中可以聊的东西却真的越来越少。

之前说的诺言是真的，想要和你在一起的愿望也是真的。最初的分开，撕心裂肺、辗转难眠也是真的，现在的渐行渐远都是真的。

就这样，我们被动地分了手。我们认清了这个既定的事实，不再去问为什么。而关于过往的一切，留在了心底，并未被时光所带走。

我们都是明白事理的成年人，从不哭着喊着计较分开。

她想起她很多年以前的一次分手。

那时她进入一个新的平台，和那个平台的主要负责人相识，一开始也是因为工作的原因有些交谈，到后来成为各自生命中最重要的一半。

然而两个人都很忙碌。

有一次她打电话给他，听到那边声音里流露出的惊喜，然后对方向她吐露心声："你来我怎么样都会有空的。"他把承诺给到她。

然而在会客厅等了很久，依然没看到他的人影，他给她发了留言"还在开会"。

"那我先去办点事吧。"

"好的，你先去。"

然而他又不放心地嘱咐一句："你等我。"

办完事后她在附近的一个餐厅吃饭，想在吃完饭后去他的办公室。斜眼间看到一帮人走了进来，就他一个人慢悠悠地走在后头，踯躅犹豫，最后才走进来。他以为她还在什么地方等，所以走得晃晃悠悠，心有旁骛，没想到她先来了餐厅。然而这个样子被她看到了，被她一眼看穿，那一路顾左右而寻她的神情，终于让她知道，原来他也有所等待。

正如她一直等着他来。

他们都有过回头望的时候。

他们坐在一桌子的旁边，一帮熟人在聊天，原来设想的两人的约会被一群人夹杂着，还要假装各自并不熟悉，一脸冷淡平静的样子。

人生总有过千百次寻觅而不知所终的故事。

就像我们这时一样。

我们假装不在意，只是不想太早被人看穿而已。

那竟然是他们最后一次见面。

他们也不知道，这竟然会是最后的一次。

假如知道这是最后的一次，为何当初没有一点预兆，如果知道这是最后的一次，又还能做些什么。

然而没有如果，即使知道这是最后的一面，他们也不可能表露心里的不舍和缠绵。

我们总要假装若无其事的样子，才能骗过自己和别人一点。何况我们还没来得及表白我们的心意，只怕太冒失。毕竟身边有那么多相关的人。

年轻人的爱情浓得只有你我，成年人的生活里要考虑的都是别人。

如果只有我们两个人在，是否会好一点？

我们可以在插科打诨之中，暗自试探，甚或交锋，直到得到我想要的最终的那个答案。

然而时间不允许从头来一遍，那是我们最后一次见面吧，连走开的时候都不能回头多看一眼。

我在座位上看着你跟着他们一路走出这个餐厅，直到你们一步步地走出我的视线。

很多年后，她开始想念。她不知道他心里是否也曾有一丁点的难过，所有的答案都不得而知。城市很大，我们碰不到当初的那个人。即使碰见了，还能说些什么？机会是那么难得一见的东西。恋爱需要恋爱的季节，过了这个时间和节点，她只能想她的，念她的。他离她仍旧远远的。

就像这个城市里每天都会有遇见和离开的故事。他们的故事，未必比其他的更加精彩。都只是普通的饮食男女，都在等待命运的安排，他们情感的注解，也许会停留在某一天，结束在某一天。

有人离开了，有人还在不停地想念。有人总是怀念昨天，觉得昨天会比今天好。

她反复想起以前看过的一本小说《廊桥遗梦》，罗伯特·金凯德写给弗朗西斯卡的一封信里说的那句话："我心已蒙上灰尘。"

那本小说的封面上写着"生活已结为茧壳，爱情仍留在心底"。

罗伯特·金凯德一路从南走到北，从来不在一个地方停留，他总是步履匆匆。也许他已知道即使去过再多的地方，看过再多的风景，以及那些桥，都无济于事。因为那个可以陪他看风景的人消失了。

如果你已不在，每一天的黄昏和落日都和以往没有区别。

只是日复一日，年复一年罢了。

是的。

我心也已蒙上灰尘，

可是爱情却留在了心底；

这个世上也无一人可和他相比，

从那次从餐厅走出后，

世界变得不一样了。

我对未来少了些期待，

却总喜欢回头望；

总想模仿一遍你回头四处找我的样子，

体会你当时当下那种患得患失的心情。

那时的你，

所有的一切都驻留在我寻你的眼睛里，

现在你依旧还在你的世界，

但是这个世界的大门没有朝我打开。

她看到这个城市车来人往，她不知道他有没有过懊恼的时候，后悔没有主动寻找她；他路过那家餐厅的时候，脚步有没有慢下来。

那一次她看到他的同时，他有没有抬眼看到她呢？一身蓝衣服，戴着白帽子，很安静地站在那里。

如果他走过她走过的森林和湖泊，看到夕阳那温暖的光线笼罩他全身的时候，他有没有想过她此刻会在做什么。如果也有这惦记的一秒，神游的一秒，忘乎所以的一秒，或许她会原谅他身边还站着另一个人，包括他后来的不告而别。

她不得而知，因为没有人可以转告她关于他的一些旁枝末节。

她以为她是那样的与众不同，但也许只是别人世界里的惊鸿一瞥，转身就忘。

但她可以在她的世界里尽情想象，想象他或许会和她一样。

所有的失落都在所难免。

他后来没有给她打过电话，她也没有再去找过他。

他们都没有打搅各自的生活。

她等待过的，他心动过的，都好像没有发生。

在爱情这件事情上，遗忘早的人是一种幸运。

遗忘太迟的人，学会了掩藏悲伤。就像你的嘴唇明显没有了笑意，是因为你曾丢失了什么，还没法放下些什么。

你把嘴唇紧紧捂住，是怕那些悲伤突然不请自来。

思念像海天般辽阔；

思念也像海水拍打着岩石，夜以继日，周而复始，永不停歇；

思念是永远不会停下脚步的，回忆也是。

我假装我已经忘记了你。

而事实上，我没有一刻是忘记过你的。

　　她常常想起，他最后一次接她电话中那难得露出的喜悦，他说他最近真是忙，老是要到很多地方去，没办法，但是她来他总是会有空的。为了那语气中难得一见的温柔和无意间透露出的软弱，她试图原谅他的不辞而别，生活中哪来那么多的告别。

　　我们总是茫然不知道所有的终点，所以聚散不是由谁说了算的。
　　你没有过错，我要开始学会遗忘。
　　可是遇见那么短，遗忘却那么长。
　　我决定放过，这么为难的，这么多年的，这么长久的——
　　一直以来，我对你念念不忘。

　　但是那种温柔的底色，在她的心里一驻足便是很多年。匆匆数年，人生如白驹过隙，也如车窗外的风景，一闪而过。
　　而回忆，终究是留下来了。
　　"你如果来，我都会有空的。"
　　他说的约定，尽管没有实现，而一旦实现了，又何来这山高路远，心心念念。就是因为到达不了，才会始终想要。
　　她想要去的地方，是她一生都无法到达的地方。
　　在那个地方，有她一抬眼就看到的人。
　　那个消失不见的人，那个踟蹰犹豫的人，那个回头寻找过她的人。
　　那是一个在她心里待了很久的人。
　　不知道后来他去那家餐厅，还会不会偶尔想起这段尘封的往事。
　　想到她穿着一件蓝色衬衫，带着一个白帽子安安静静地站在那里等的样子，会不会心里偶尔有那么一点儿疼。

其实，我们都看不到别人的伤悲

陌陌　46岁　电视台编导

爱而不得，想爱又不敢爱，真心托付错人，对爱情的灰心丧气，不是只有她们有。其实每个人都一样悲伤过。

别太执着于爱情这件事，因为在爱情中痛苦和快乐一样地真实。

"我是一个很爱听别人讲故事的人，一个别人愿意和盘托出、原原本本叙述给我听的故事。"

所以她听到的通常都是一些烂故事，丑陋而不怎么完美的，但却是很真实的故事。

比如，去抓小三啦，带别人去破场，计划存一笔钱然后踹了那个自私的男人，都是这样的让人灰心丧气的故事。

有时候也会听到一个女人对一个男人念念不忘的真心。

然而基本上这样的真心是得不到回报的。

所以女人总是很失望，她听到的多是她们的叹气声。

不管是多成功的女人，洗去脸上的脂粉脱下那身精致的伪装，其实都是普通人。情感永远是女人的第一要素。

否则我们基于什么活着。

婚姻是一地的鸡毛，而我们还要笑着演给别人看。

假装太累。

人总是会偶尔坦露真心的，找一个寂寞的夜倾诉。

而她刚好是那个她们要找的人。

她是个很好的倾听者，习惯照顾她们的情绪而且从不乱插话。她只是听那些胡乱的描述、散落的情节。因为她们只喜欢宣泄情绪，所以任她们说好了。

说完了就好了。

"而且我也不会被她们把情绪带偏，因为我内心相对来说还算理性，我有我基本的判断。"

"我不光听女性的故事，有时候也有男性会来找我。我会从两性的角度来看待很多事情，最后给他们一些比较合适的建议。"

作为一个电视台编导，她有对情感天生敏锐的部分，能捕捉到别人看不到的疼痛，这是她感性部分获得的感知。加上她早些年一直都在跟各种各样的人打交道，接触的人成百上千，对人性的感知比别人略敏感些。

这个世界人活着绝没有那么简单。

很多人笑着，却深藏痛苦，而且不想被别人知道。

"而我想让她们把痛苦倒出来。"

痛苦藏太久了对身体没好处，会催人老。最见不得女人苍老。

一瞬间变得苍老说明她们正经历不幸。

而她，愿意打开自己的内心，去倾听她们的痛苦，并且化解她们的痛苦。

倾听是一帖药，治愈她们间歇性的孤独。

然而她性格里面又有干脆果断的一面，绝不沉迷在小情小爱里无法脱身，所以总是能一语惊醒那些没看破迷障的人，不要把自己最好的生命，浪费在一些不值得的事情上。

遇到自己的感情事，还能不能如此理性呢？

其实她也不知道。

"但是我从写作结束的那刻，就会从那种非理性的感觉中快速抽离出来。不然的话，人写着写着就会陷入绝望里。"

爱情没那么美，这个世界也充满着很多谎言。

爱而不得，想爱又不敢爱，真心托付错人，对爱情的灰心丧气，不是只有她们有。其实每个人都一样悲伤过。

可是人在世上混，首先要有金刚不坏身哪。

而爱情是浸过毒汁的箭，箭过穿心，生死难料。

"还好，在最后那刻，我总是能把自己理性地拉回来；别让悲伤吞没我。"

"我还要昂首挺胸来去如风，让人看不出我之前懊丧过；再失望，也要把那点低落情绪藏起来。"

"这个世界容不得我难过，聚散不由我。"

然而女性真的是个情感性动物。到老到死的那刻，女性都还在幻想爱情，女性是一个脱离爱情会死的生物。

当然在这样的一个时代，很多女性已经改变了观念，或者说现实已经给了她们教训。

如果还按照我们年轻时的幻想来，这辈子都可能不会翻身。

像我女儿这一代人，已经对爱情这种东西嗤之以鼻了，首先她们更重视个人感受，加上她们周围或上一代人，根本就没提供一个好的爱情范本给她们，她们怎还相信爱情？

她们只相信她们自己本身。所有的一切都必须掌控在自己手里才有安全感。

假如有一天她们提出她们已习惯单身，我想我都不会太过惊讶。因为在将来的社会，一个人活着的状态会越来越多元化。

谁说婚姻是每个女性的基本标配呢？

有时候一个人确实比两个人过得还要好。

这是很多人想回归自由的本心。

"但这不代表我不相信爱情。我相信爱情本就存在，也很美好。但我不信人人都会拥有，不是人人都会拥有如此好的幸运。"

毕竟，失望的是大多数人。

在这个世上活得好的女人，通常只信奉一条准则：有你更好。没有你，我也照样好。

"别太执着于爱情这件事，是我想给很多女性朋友的忠告，不然你这辈子都不会过得太开心。"

当你爱上一个人的时候，意味着你把痛苦和快乐都交到了另一个人手上。问题是，他也那样爱你吗？

两个人，在一起的时候互相深爱，分开了就遗忘彻底。

最怕分开了还恋恋不止，对一个人念念不忘，却收不到对方的一丁点回响。

自说自话的爱情岂止寂寞，还有些苍凉。

英雄和刀锋

男人篇

人世间有很多的英雄，注注无坚不摧，用一颗钢铁般的内心去独自对抗这个世界。却在认识一个人之后心中有了软肋。

第一次知道人也有无可奈何的时候，是知道自己拿得起却放不下的时候。

那就是爱上一个人的时候。

英雄还是英雄，然而多了些儿女情长的英雄，再利的刀锋也砍不断对一个人刻骨铭心的思恋和挂念。

有些相遇是注定的；有些忘记是很难的；有些离开只是会让人肝肠寸断。

你只是我舍不得、放不开、断不掉的纠结。

谁解英雄泪，关乎风月情。

原来这半生，上山下海我都无惧，怕的是你最后的离开。

爱是件简单的事

小汤　28岁　摄影师

在一个很好的年纪遇上了爱，这是件多么幸福的事。

太晚太早都会有遗憾。

爱情哪有那么复杂，能让你笑得最开心的那个人就是对的人。

他是一个摄影师，经常骑着自行车去这个城市的边边角角采风。他说他特别喜欢黄昏的时候，因为摄影最重要的是角度和光线。他觉得在那种柔和的光线下，所有的景都特别美。夕阳下，连回巢的鸟飞过天空都会留一条线。

他是重庆人，那个山城滋养了他慢悠悠的性格。

然而也是孤独的吧。在一个陌生的城市里，我们都希望转角就能遇到爱。

爱能减轻孤独的分量。

有一天他和几个人约好去拍摄，在一棵大树下等那几个人。

一个女孩子过来了，然后又一个女孩子过来，那天她穿着件白衬衫，就是有种似曾相识的感觉。这大概就是青春的一见钟情吧。

他对第二个女孩子产生了感觉。

她在他面前自如自在，他坦然受着。喜欢她的活泼，像是给他平淡的日子注入了活力，这个小小的摄影棚都开始变得不一样了。

她是一个学音乐的学生，他是学美术的。

都需要有一双发现美的眼睛，都想听到那些好听的动人的乐曲。他们成了男女朋友。

城市是这样制造偶然的场所，相爱的人总能碰上。

不早也不晚。

我是在一次偶然的机会和他认识的，结果很投缘，有时候会约他出来喝喝茶。

我很少会遇到感情这么细腻的男生。认识的男人基本上都是一心扑在事业上的成功男性，成熟而世故，感情事绝口不提。

但是我可以和他聊一聊内心所爱的那个人，聊一聊那些相爱的细节，就着一口茶喝下。

我很喜欢听他描述那些相爱的时光，他的胆怯、他的在乎，他用心去爱一个人，我觉得这是世上最美好的事。

过段时间这个女孩子要到匈牙利去求学，他也考虑调到杭州的分公司去，他想做婚拍，这样出国的机会会更多一点，离她能近一点。

他说在一起的时光总是太短，分开了就是想念。

他说男人遇到真爱就怂，会更容易自卑，总是在微信上想发问候信息又随时删除。

他说以前有个画家说，想我就来看我的画，还以为是段广告语。

现在才知道每天想她，就会不自觉地去听她以前弹奏的曲子聊以自慰。

他说人在心动和心痛的时候内心有感触，所以多谈恋爱，也能给我们带来更多的创作灵感。

他说世上是有情深不悔一说的，只是以前没碰到那个人而已，他说……

我听他说。

从这个男孩子身上我看到了爱情淳朴的模样，不是婚恋市场上的称斤论两，而是我喜欢你就会为你心疼，两天没看见你会想念。想着那些话要不要说出来的纠结，你去哪里我的脚步就想跟到哪里。

爱就是一种冲动，是一种忘乎所以。

我忘了我自己。

这才是爱情最本真的模样吧。

在一个很好的年纪遇上了爱，这是件多么幸福的事。

太晚太早都会有遗憾。

其实爱终究是件简单的事，只要遇到那个对的人。

就像他发给她的微信中说的那样：好的感情在于两个人精神上的独立和相互吸引。两个人可以看山看云，什么话都可不说，嘴里叼着根狗尾巴草就很快乐。

爱情正当时。

在一个最好的年纪遇上，你爱他他也爱你。

这是足够的幸运，多少人不能够如此。

我们只是在遇到时太晚了。

相遇太迟未尝不是种遗憾。

一个人的纠结，两个人的辜负

陈剑　32岁　经销商

然而，深层次的爱需要时光养成，是足够的担当和坚不可摧的勇气，是无数岁月累积的包容和耐心，是无数次生活出现困难时我对你的不离不弃。

"我曾经辜负过一些人，也荒废了大半辈子，荒废了青春，然而爱情却从未在我的心头走过，我一生都在等待爱情到来。"

那天在离开这间咖啡馆之时，陈剑跟我说了一句话："应姐，如果我能早点和你聊一聊就好了，这样我的婚姻就不是这个样子。"

其实我们很早就认识，但是没有在一起坦露心迹好好聊过。

他一直觉得他在这三年中做错了一件事，辜负了两个人。

最重要的是，这件事让他带着很深的负疚感，导致一见面就低着头，没敢和我对视。

而我听完他的讲述，对他讲："其实你没有做错，爱上一个人没有错，只是你不够勇敢。"

他点点头，好像终于解开了一个心结。他说谢谢我的理解。他的这些事从未跟一个陌生人谈起过。

选择没有对错，只是既然选择了我们就要承担相应的责任。

我常说我们年轻时是不懂爱的，当我们懂得的时候都已经历经了沧桑。没办法，有些经验是历经痛苦得出的。

有时候人不知不觉走到了婚姻的这一步，所有的一切都没考虑成熟。但事实上，青春就此结束，我们在看似水到渠成的命运安排下，走向成年人的人生，有点仓促，却无法回头。

而对于人性的思考和体会，却刚刚开始。

从你步入婚姻这座围城开始。

他最早在一个大学里做助教，和一个女孩子谈恋爱。然而毕业后，女友悄无声息地回老家了。

没有说过今后的打算，也没一个交代。

就这样莫名分了手。

还能怎样呢，我们都如此年轻，考虑问题本来都不慎重。

有一天他碰到了她女友的闺蜜，一个长相很普通的女孩子，一直暗恋着他，他从未在意。就那样聊了几句，算是找到了一个有共同话题有共同经历的人，他帮她修了电脑，两个人开始有接触，那段时光也许他只是寂寞。

所以他没拒绝一个人的主动接近。

好像在结婚的那刻，他都没想明白这个问题，到底爱不爱呢？如果不爱，为何走到这一步。

婚姻平淡不喜，然而日子却继续，一年后有了个儿子。

有一次他到宁波出差，去见了他高中时暗恋过的女同学，刚从国外回来，两人在微信上的联系一直都没断过。那天在那个出差的城市，他们约在一家咖啡馆见面。

灯光昏黄，有些过往又回来了。

好吧，咖啡馆要打烊了，有些故事还要继续。

第二天，他们又在那间咖啡馆约好，又聊到凌晨三点。

在高中三年，他给她买早饭，骑车带她上学，他总是在那个拐角处等她。

现在他还在那个拐角处等她，他发现他的心还是没有远离，只是好像做了个梦一样，他突然变成了一个不是单身的人，却还在追求他希冀的爱情。他突然如梦惊醒。

他要离婚。所有的财产给老婆，儿子留下。

然而离婚那关在老人那里就很难通过，老人对他突然之间的离婚难以接受，直接撂下一句话："其他女人我都不认，我只有这一个儿媳妇。"

然后他还承受了来自朋友熟人的压力，大家没听他开口就先指责了，"你真是作，这么好的老婆"。你知道中国人从来都喜欢探讨别人的私生活，横加干涉从不以为自己有错。

再后来，他们两个人的相处也出现了些问题。有一天，他想，太累了。于是又跟前妻复婚了。

这好像是别人看来一个"浪子回头"的故事，看客们都很欢喜，乐于见到大团圆的结局。然而作为一个故事中的男主人公，一个有七情六欲的正常男人，没法像别人说的那么轻松。

如果一个人的情丝也能用慧剑斩断就好了。

如果一个人的想法也能用对错划分就好了。

但是那些夜里的失眠到天亮又为何呢？

"那时候也不知道怎么的，头脑发热，一门心思就想和宁波的那个同学生活在一起。"

"其实从这点来看，你是爱那个女同学的，因为爱本身就是一种冲动，爱是不顾一切想在一起。所以人很少遇到爱还会理智。"我说。

"然而你的婚姻又让你厌倦，你想着去到一个理想国，那种情况加助了你梦幻般的燃烧。"

然而再爱，爱得再理想，生活总是要从线上搬到线下。

你对线下的困难是预计不足的。

你真的爱这个人吗？面对风雨阻碍你也非得和她在一起，即使和全世界为敌也不在意。

你能做到了那就是真爱。

但是在真实的生活面前，爱往往不堪一击。

年轻时的爱以为就是一次英雄仗义出手相助，以为就是我每天风雨无阻地等你在某个路口，以为就是我对你的回眸心动。然而，深层次的爱也需要时光养成，是足够的担当和坚不可摧的勇气，是无数岁月累积的包容和耐心，是无数次生活出现困难时我对你的不离不弃。

你真的爱吗？

那为什么我们总是如此贪图省力。

一点点的困难就过不去了，一点点的折磨就心灰意冷了。

爱是这么不堪一击吗?

时间检测出了爱的分量,也看出我们人性的懦弱和自私,原来我们最爱的都是自己。

现在的这个境况,你还爱她吗?

如果你能坚持下去,也许最后你和你同学结了婚,你妈妈再反对还是会接受她的,每个老人真正偏心的其实还是儿子。

你没被爱情打败,打败你的是你内心的不够勇敢,不愿担当。

如果有可以对抗的勇气,你是可以打赢这场战争的。

时间能消弭一切爱恨,所有的一切都会被时间冲走、冲淡。

但至于你和你同学的婚姻是否就会幸福呢?我同样没法给你答案。

生活总是充满沟沟坎坎,生活中的鸡零狗碎照样继续。真正爱的两个人同样逃不过所有的悲喜。

只愿你有更多的耐心,那就没关系。

那时候你最终也只辜负了一个人,而新的生活也会有幸福的可能。

现在你两个都辜负了。

请问,那个被世俗情理打败的你,回到了那个家庭,可有快乐?

我想他是不快乐的。

他回想那个勇敢提出离婚的自己,走出婚姻登记处决绝丢弃过往生活的自己,奔向未来新生活的自己,都好过现在被打败的自己。

　　我相信如果轮盘能回转，他一定希望做那个脚踩一朵祥云的人，带着颗勇敢的心。

　　即使被所有人骂负心，说混蛋，但那个勇敢追求幸福人生的青年，至少勇气是可以嘉许的呀。

　　在那个他爱的女人面前，也当了一回被敬仰的英雄。

　　而不是现在，灰溜溜的还不能出声。

　　窝囊的自己，内疚的自己。

　　抬不起头来的人生至少很憋屈。

　　他后来说，"如果能早点听到你说这些话就好了"，"其实人有时候连自己想要什么都不清楚"。

　　人生没有两者可得的喜悦，所以注定会有得失。

　　关键是你想要什么，你现在明白了吗？

　　婚姻像是一壶未曾烧开的水，他始终没有找到过沸腾的感觉。

　　他不爱她，但至少当初可以拒绝她；

　　他娶了她，得要负责到底；

　　想离开，至少也离开得决绝点，那才好啊！

　　三心二意，犹豫到底，才是真正对不起这三角的关系。

　　有时候，心软是伤人的。

　　如果再坚持下去也可能不是这个样子了，人生再难的时候谁不都是咬咬牙就等到了天亮。

　　但现在，他回不去了。

　　那个在拐角处等着他心爱女孩的少年永远消失了。

再见我的爱，再见我那颗依然想爱着，还想爱下去的年轻的心。

统统再见。

从今以后我可以想你，但你回不到我面前了。

再见了。

即使像别人所说的"好歹一个家又完整了"，即使有老婆孩子在等他，即使刚刚和儿子完成了一个通话视频，在那声音里，我听不到带有任何情感色彩的声音。他只是在机械地扮演一个父亲的角色，也许父爱是有的，但他的心没活过来。

失去的已然失去。

得到的仍未得到。

这大概是人一生中最常有的际遇吧。

然而在他背后，我看到的是一个略微发福的中年男人的背影，跟他实际的年龄并不相称。

他显得沧桑，也略有疲惫。

所谓的佳人之乐

张军　45岁　企业家

当他累了的时候、孤独的时候、一个人的时候，即使他看到了很多人去了更大的世界，她依然是他身后那一缕白色的柔和的月光。

有一天在学习的时候，听导师分享一个观点：人生有三大乐。

一体之乐，事业就是他，他就是事业；

征服之乐，在山顶上俯览天下，有一种壮士豪情；

佳人之乐，人的一生，其中最重要的原动力，为其心动的佳人证明其价值。

有一个企业家有一天聊起往事，他说他现在所做的一切都希望她能看到，为此他不懈努力，他想证明一点，我如此优秀，而你却错过了我。

这是一种不甘心，或者说也是种不得已吧。

爱人已远走，可是我却没法放开她。

但是这其中产生的动力让他一路披荆斩棘走到了今天。

佳人在彼岸，彼岸是佳人。

即使再难的时候，再也撑不下去的时候，想一想那个人，他就会催生出无穷的勇气，和那些困难、挫折对抗。

一次次坚持，一次次爬起，告诉自己失败没有什么，那个人在等着他。

"我要像个英雄一样出现在她面前，不能像一个狗熊一样被她看扁。"

我们没有遇到这个人之前，是这个城市里飘忽的尘埃，用一种很低的姿态活着，轻飘飘地就被风吹散了。当一个人出现以后，我们开始想变得更好，期待那个发光的自己，有一天耀眼夺目让她能看到。

爱情的力量足够强大，它改变了很多人。

我记得我以前认识一个女孩子，她人生中发狠的动力是她被男朋友甩了。从此她憋了一口气，想让他知道失去她是他人生最大的败笔。结果她活成了她那个圈子的传奇，一个从普通院校出来其貌不扬的女孩子，28岁年薪28万。当她突破自己的时候，站上更高舞台的时候，想想当初的自己是不是有点可笑。

那个男人，已经配不上如今的她。

"我值得给更好的人。"是她后来得出的结论。

她越走越远，一开始还愤恨，后来渐渐想不起——生命中该忘记那些从来不把我们放在心上的人。

她现在重新找到了男友，和她势均力敌一样的优秀。

每个人奋斗的理由都如此不同，有人家境贫寒想出人头地，有被朋友轻视过的，有一门心思想证明自己的，红尘中随手一捡都是故事。

而有很多人，像他那样，把那个心底藏着的人，当成了床前洒落的白月光。

在人前绝口不提，闲暇的时候尽情想念。

当他累了的时候、孤独的时候、一个人的时候，即使他看到了很多人去了更大的世界，她依然是他身后那一缕白色的柔和的月光。

从没忘，也从没放。

他一切所做皆为了她。

"所以我努力成就一个更优秀的自己。我希望在人群之中站上更高的舞台，你一眼就能看到我，找到我。"

这是他努力的唯一理由。

在这个世界上活着的人，有些人无爱也无伤，了无牵挂，心里却是空落落的。也有些深情的人因为内心装着一个人而不孤单。

想到哪天可以光芒万丈地出现，为了那一天的相逢，就算用一生独自对抗这个世界都有无穷尽的能量，每一晚笑着入睡，也都笑着醒来。

面对这个薄情的世界，他用一腔热忱等着她的到来。

千山万水，万水千山，只等你来。

好婚姻成就人，坏婚姻毁灭人

柏松　66岁　广告公司老板

一个人如果被命运善待过，被一个人好好珍惜过，这样的人即使后来颠沛流离，都会对这个世界心怀感恩。因为他的心灵被照耀过。

一个人所谓的幸福在于他一路上遇到了谁，与之牵手的又是谁。命运无法预测。

那天我进入一家美术培训机构的时候，遇见了这里的老板。

他挺拔的身材，留着一个小辫，很有艺术家的风范，谈吐很得体，看样子才四十多岁的样子。

后来聊着聊着他告诉我他的实际年龄已经六十多了，我和同伴都很惊讶。他的状态和神情实在不像是一个六十多岁的人。

他给我们讲起他的两段婚姻。

他原本是一个大家族的孩子，在那个城市最中心的地段，电影院、周围的商铺都是他家祖辈的财产，后来家族被打倒了。

他吃了很多苦。

他考上了一所美术学校，后来分配到一所山里小学去教书。

但是第一次恋爱给他的打击也很大。

他和她情投意合，但是对方父母不同意。首先嫌弃他的出身，又加上他在一个小山沟里教书，觉得没前途。他们早早给女儿物色了一个好家庭，对方的父母在教育局任职。

那时候女孩子嫁人，父母都喜欢找有点权势的人家。

这件事情给他打击很大，一度心灰意冷，那时候他二十九岁。

一蹶不振的时候，别人给他介绍了个对象，没怎么考虑清楚就结了婚。

他说那段婚姻就是一场劫难。

对方的层次很低，小学三年级的文化。根本就不懂女性在婚姻中要扮演何种角色。有时候他请同事来家里聚餐，她甩着一张冷眼给他们看，或者有时候直接出门去，连灶也不肯烧。

两人见面就吵，有一次因为她的无理纠缠，他一气之下把电视机也砸了，这件事一传十，十传百，轰动了整个县城。

他是一个很有才华的年轻人，长得也很帅气。每到一个地方都是被培养的对象。但是每次在老婆那个点上就被卡住了。

很有才干是不错，但是连老婆都哄不住。

她不懂夫妻是一体的，一荣俱荣，一损俱损。照样按照自己的心气去生活，不管好看的难看的都表现在外面。

一有点事就找到他领导哭诉，在别人面前也从不给他面子。

然而婚又离不掉，她家有八个兄弟姐妹一齐上阵，他根本就势单力薄。

后来他调到另一个城市的报社上班，离开了那个压抑的家，他恢复了状态，在报社很快就干得风生水起。她也想跟着调过来。他说调过来可以，但不能吵架，如果还吵那就不要调来。

她答应了，然而旧习难改。

后来婚终于离掉了。但是他美好的年华，从三十岁到四十六岁，浪费掉了。

后来他再婚，对方比他小二十多岁，女的长得很矮小也难看，但是因为上一段婚姻给他留下的阴影太大，他觉得只要对他好就可以了，他们同居了三年才结婚。他说必须要试试才知道合适不合适。

上一次婚姻让他心有余悸，让他"一朝被蛇咬，十年怕井绳"。

坦白讲这个男人真的是一个很优秀的男人，直到今天还有一种超乎年龄的气质和谈吐。如果之前的婚姻没有那么糟，我想他今天走的绝不是这条路，这样的命运轨迹。

遇到一个好的女人，他这样的人在仕途上是会青云直上的。

他这一生所有的不幸是遇到了一个耗他能量的人。

都说男人是天，女人是地，地是要滋养天的。然而那个层次低的女人，她永远不明白这个道理。

也许最可怜的还是孩子吧，他的大女儿今年三十六岁，离婚时他净身出户，把所有的存款和孩子留给她，但孩子被耽搁了，很多的想法观念和她妈妈一样，活成了一个守旧庸常的人。

他在二婚中生的孩子，因为用心培养，考上了中央美术学院，并且还上过当地的报纸头条。他给我看的时候一脸欣慰。

不管以往的生活多狗血多不值得一提，还算有宽慰的时候。

但婚姻还是给他留下了阴影，因为他不停地说"婚姻就是爱情的坟墓"，他连着说了很多遍。即使我在说现代人也有真爱的时候，他还是觉得爱是不存在的。

不良的婚姻摧毁了一个人的精神，即使他受过好的教育，然而在命运的安排下，他在这一方面的认识，其实还是有偏激的部分。

一个人如果被命运善待过，被一个人好好珍惜过，这样的人即使后来颠沛流离，都会对这个世界心怀感恩。因为他的心灵被照耀过。

而一个没被爱情厚待的人，他始终觉得爱是世界上不存在的东西。

但他还是很羡慕那些感情很深厚的夫妻，提起来他都觉得那是怎样的福气。

我想爱会成就一个人，让一个普通的人因为遇上爱而变得不一样。

恨也会摧毁一个人，让一个翩翩佳公子成为一个愤世嫉俗的人。

这个人活着终究是孤独的。

还好，最后他的结局还不差。

正像他说的"第二个妻子对我很好"。

因为有对比，他应该知足了。

心意相通的爱他不再奢求，但最起码他见识了人间最简单最朴素的感情，那就是陪伴。能够拥有这样的感情，也不枉后面的半生。

即使世界动荡，始终有你在我身旁

小林　29岁　广告设计师

"你知道吗？当我知道我被一个很优秀的人爱着、爱过，我这一生都觉得很幸福，因为我不再是孤单一个人了。"

"前段时间，我们的关系进入了一个很微妙的时段。我给她寄了个包裹，里面是她穿的衣服，用的东西，全都打包了，却在寄出去后没收到，这件事情一直搞得我很郁闷。到处查找，后来发现寄到其他地方去了。"

"北欧的冬天一直很冷，你想她一直收不到包裹有多烦躁，那时候我们说着说着就说不下去了，然后我很害怕接到她的消息，总觉得有负担似的。"

"前几天她在微信上找我，然后给我放了一段她录的视频，当熟悉的钢琴声响起，我觉得我又安心下来了。"

我说："那是因为她给了你一个世界，在有关她存在的世界里你会特别的安然。"

当然有时候你也会很害怕失去。

但当看到熟悉的笑脸、亲密的问候、钢琴声飘过来的时候，你知道这一切都还在。

这个世界如此动荡不安，但有你在我身边就够了。

这个人是我的定海神针。

假如没有这个人，这一生会有多寂寞呢？

"我们来谈谈爱的感受吧。"

有时候我觉得时间会有刹那间的永恒，就是当你遇见她的时候，你总觉得时间有一会儿是静止不动的，在她身上有一段时光停留了。

就像我记得她在一棵白茶花下的情景，以至于后来每次看到白茶花的那刻我就想起了她。

也许爱就是打开了你的所有感官，你的眼睛、你的心灵，你所有的一切都活跃起来，变得调皮爱闹，也更加自在了吧。

"是的，就像我常常回想有一些时光，在记忆里，十分的温暖。比如有一次他蹲在地上叫我的名字，那时候我记得他身边有个石盘，里面种着些睡莲，特别美。你知道吗？当他叫唤我的名字的时候，我觉得天地间有些东西都停滞了，那一秒钟像是过了一个世纪那么久。"我说。

你因为爱一个人而心里变得温柔。

你常常莫名其妙地笑。

你的神色，你的肢体，你的眼神都变了。

以前的你很生硬，很死板，很不宽厚。而且总是郁郁寡欢的样子，但是在你爱上一个人的时候这些都改变了。

你像沐浴在光辉中，渐渐地连神色都很温和，你连说话的语气都变得轻柔了许多。

以前你总觉得自己很不起眼，你的自卑纠结、愤怒烦躁，现在统统不见。当一个人爱上你的时候，你的这些不适感被治愈了。

你们都变得如此温柔，世界对你宽厚以待。

原来在一个人的眼里，你好到无可替代。

爱真的是件很好的事情。

"你知道吗？当我知道我被一个很优秀的人爱着、爱过，我这一生都觉得很幸福，因为我不再是孤单一个人了。"

像是找到了另一个同样的灵魂。

也像是找到了另一个天地。

我的痛苦、我的很多东西都有人了解，我因为他的懂得而放下了我的焦虑和自卑。

"是的，我也是。"

"我女朋友在拍照的时候，经常说为什么你不在身边啊，都没人给我拍照了。而且她拍的照片都不好，光线取景都不好，经常发牢骚。"

"那是因为她想着在异国他乡最好都有你陪在身边的啊，就像我们去一个湖边，走一条马路，到一个欧洲小镇的每个街头，我们总想着，总希望他就会在我们身边一样。"

爱一个人，就是希望陪他一直走，走到世界尽头。

他笑了笑："是的，她现在是我在欧洲的眼睛。"

她是他的眼，也是他的——全部。

她始终是他的全部。

我们永远在失去中长大

小何　34岁　职员

当繁华看尽，原来我们更爱的是那平凡的烟火。

"我一直都觉得我自己挺顺的，工作结婚，后来又有了孩子。然后在三十四岁这一年，婚离了，房子卖了，抚养我长大的爷爷奶奶在这一年相继去世。我突然发现我一无所有。

"只剩下我一个人。还有，一个孩子。

"有一天我对着镜子的时候，发现镜子里的我一脸沧桑。如果不是心态调整过来了，我想我真会抑郁下去。生活为何会变成这样？"

话题是从聊我的新书开始的，我说我今年的新书是写都市人的情感。因为很多男人和女人告诉我，这个年代人最缺情感。

"你知道吗？这个年代的人活得太匆忙了，所以很多东西都在丢失，包括情感。人为了活着都已经拼尽了全力，很多人成了空心人、木头人、机器人，但是对感情的渴望又如此强烈。

"就像沙漠里行走的人渴望一杯水的滋润。"我说。

"听你这么一说，我真的很有感触，因为最近我在看很多情感的论坛，很多人在帖子里说这个事。很多和我一样的八〇后都离婚了，你知道吗？我刚刚也在上半年离婚。

"从什么时候开始的呢？一切都从孩子出生后。我自己因为开了家摄影店，经常要跑杭州，她刚好从国企到私企，两人工作都很忙碌，有时候一周就见一两次，在一起的时候常常不交流，说话就像陌生人一样。有时候其实是很小的事情啊，比如灯没关，垃圾没倒。但是我们互相都是用责备的语气，那时候我们都像火药桶一样，常常一点就着。

"彼此之间说话都硬邦邦的、生冷的，后来到无话可说的地步，然后就说那就离吧。后来我把那套房子卖了，给她买了套小一点的房子，我自己买了套单身公寓，然后正式过上了一个人的生活。

"这段时间我思考了很多，很大的问题是结婚后我们不再爱了，说话也不再那么客气，也不会说一些甜蜜的话。事实上婚姻也是需要经营的。"

我说："当然，每个女人和男人进入婚姻都会有一个不适应期，因为婚姻比较琐碎，人有时候会感觉疲惫和失去自由。特别是孩子出生之后，会发现矛盾越来越多，如果不能够做好包容和牺牲的准备，对对方有所体谅，还是一如既往地按照自己以前的个性来，那么婚姻很容易解体。

"在孩子出生后，一方面是家庭经济负担更重了，家务事更多了，而在孩子教育方面的理念冲突也更大了。如果这时候没有很好的沟通和协作，很容易让两个人对婚姻的期待值降到最低。很多矛盾是从那会开始的。

"包括夫妻之间还是要多说一些对方爱听的话，讲些甜言蜜语，遇到矛盾了也能把自己的一些想法说给对方听。会沟通还是好的，最怕婚姻中两个人再也不交流了，然后就无话可说。"

"我们的婚姻就是从无话可说中走向解体的。

"你知道吗，小的时候我一直由我爷爷奶奶抚养长大，我的父母给我的感觉就是很疏离，他们一直过得很潇洒，管自己就好了。我的爷爷是个离休干部，我爸爸一直在他的庇佑下长大，没吃过苦，但也没任何建树。我小的时候家里过得一直很好，最恐惧的时候是那年，我爸爸下岗了，突然发现家里的经济收入不好了，那时候我恐惧过一阵子。后来我爷爷告诉我他的钱也支撑不了我更多的需求了，那一刻我才知道我这一生都得要靠我自己了。我除了自己外，我别无依靠。

"还有就是这一次离婚后，原先我的爸爸在我眼里一直是一个没什么本事的人。但是有一天我对着镜子的时候发现我的样子特别像他，我怕有一天我也会步他后尘，成为像他一样的被时代抛弃的中年油腻男，我一直提醒自己为了我的孩子，我不能够像我爸爸那样。

"我读高中的时候我的爸爸经常出去喝酒，然后回来对我吆喝，年少时我只觉得他脾气暴躁。当我自己有家了以后我渐渐体会到他的悲凉，一个被社会打败的中年男人，无处寄托他的情怀和理想，他过得郁郁不得志，只能靠酒精麻痹自己。事实上他在成人的世界里过得很不快乐，跟我前段时间是一样的。人有时候被这个现实打败，因为在现实面前我们都不堪一击。

"成年人活着都不容易。

"现在我和我的儿子住在一个单身公寓里，虽然小区有点旧，但是过得也挺快乐，有时候有些朋友经常来我那里蹭一晚，我热爱下厨，房间里有时候挺乱的，但我自己觉得很好，觉得生活本应该有这些的烟火气，再也没有人喋喋不休说这多脏啊！事实上我现在觉得找回了我自己。有一段时间我觉得自己的心是空的，特别是刚结婚的那几年，现在我把自己找回来了。

"现在我跟我前妻也偶尔会见面，带孩子出去旅游，看电影，反而两个人因为有各自的空间，距离变得融洽。我前妻有一天跟我说为了孩子要不要复婚，我现在没这个想法。我觉得现在挺好。

"有一天我们几个同学在一起聚会，其中一个女同学，嫁给了当地的豪门，就是很有名的一家企业，夫家产业很多。这样的家庭很重视子嗣，生了两个孩子后还要求她再生。她一直想离婚却离不了，豪门的人宁肯保持一个空壳的体面，也不愿意让她离开。

"她那天跟我说年轻时看不懂《廊桥遗梦》，结果那天又看了。里面的一句话'我的生命都奉献给了家庭，我剩下的时间只想和罗伯特在一起'戳中了她，她喝着酒，哭得稀里哗啦。"

就像我跟他说的那样，人性永远是个复杂的东西。人之所以为人，是因为他多面和立体，永远不要用对和错去划分。没有那么多的对错。

只看他选择什么，同时也失去什么。

人不可能什么都拥有，你选择风光你就会失去很多的自由。

就像他的这个同学，嫁入豪门一度是她觉得很好的事情，因为物质带来了虚荣。但后来夫妻间的那种客气和在豪门中的身不由己，让她知道原来那并不是她最终想要的生活。

当繁华看尽，原来我们更爱的是那平凡的烟火。

温暖你的那刻，也如此贴近我。

每个人都是如此孤独。

比起金钱，我们更需要人心的抚慰，那是一种我们想靠近的温度。在这一无所有，丢失全部的那刻，他后来反而理智了，没有什么可以再失去的啦。只要生活还在继续下去，一个人也没什么关系。

因为我们毕竟还年轻。

所以他用他切身的经历告诉那些来店里拍婚纱照的年轻人，不要把钱用在拍录像上面，宁肯把这笔钱省下来找一个好的外景地，多拍几组婚纱照。

他说："人这辈子很少会去看结婚录像，如果你婚姻美满，几乎这辈子都不会打开看一次。"

一个人什么时候会去看结婚录像呢？就是在离了婚之后。

在你失去所有一切的时候，你才会在那些镜头里一遍遍翻看那些你曾经丢失的快乐时光，悔恨当初你为什么没有抓住它。

那个潘多拉盒子里，藏着你的欢笑，以及曾经触手可及的幸福。

那个打着领结笑得像傻子一样的人，真的是我吗？

只有痛彻心扉才会有这种切身体会。

原来很多的电影镜头都是取自人生经历。

当一切都已失去，就像电影散场那刻：

一地是散落的纸屑和烟灰。

你一遍遍在那个影像里找寻曾经存在过的真实，手拉手的那刻原来还有迹可循。

那一刻你站在她身旁，以为是会地老天荒的。

看着那过往的一幕幕，直到天光亮白。

为什么我到现在才明白，过去的已不再回来。

我想他可能有过一段很长久的寂寞时光，从离婚的境遇中走出来并没有像他现在说的那么的轻松。

因为这是一个成年人的故事。

我们永远在失去中长大，然后又不断地失去。

但不管怎样，我们都还在路上。

无法忘记有过这么一个人

晓丽 28岁 职员 慧珍 32岁 个体户

"来日方长"这句话辜负了多少人，我们都被辜负了。

面对渐行渐远的青春，却无法忘记曾经有这么一个人，如此贴近我们的生命，却丢失在滚滚红尘中。

最近想写点五十多岁男人的故事，是因为刚好有两个五十多岁的男人在分别追求我的两个好友。我的两个朋友年龄在三十岁左右，容貌性格俱佳。

两个男人中一个位高权重，另一个是世隐富豪，光一个城市就有几十套房子。婚姻情况是一个妻子早逝，一个早年移民海外，情感方面都很缺。

我无法采访到现实中的这两人，但对他们的生活脉络大致有个了解，所以不妨顺便记下。

其中一个和我的朋友爱得眷恋，难舍难分，另一个还处在追求的态势。

我朋友问我，他对她的感情是真是假，我说基本上是真的。

很多五六十岁的男人，年轻时都未曾好好恋爱，所以在感情上的渴望和白痴程度都可见一斑，年轻时忙于事业，巴不得所有的时间都拿出来见客户谈生意。

所以现在他们在补年轻时拉下的一门重要功课，他们在上一堂恋爱的补习课。

我看到他们在微信上发的语句，情意缠绵，言辞恳切，情感比大多数的年轻人还要来得热烈。

我这些年接触到很多商业人士，有头衔有身份的居多。接触之后觉得光鲜背后都是寂寞，他们的时间都被各种会议、酒席、业绩考核占满，不是在出差的途中，就是在和对手赶超的路上。

现实很残酷，每一天都要为了活着而殚精竭虑。

他们牺牲睡眠，牺牲健康，牺牲一切和家人相处的时间去换取企业的成长。

他们牺牲一切，一个人孤独对抗这个世界的风霜雨雪。

无情未必真豪杰。

然而这些豪杰有一大批的兄弟要担待，一大堆的事务要处理。还有很多员工的事情要关心，根本就无法分身。所以他们只能牺牲自己的儿女情长。

恋爱是要谈的，但谈恋爱得花时间，时间是他们最大的成本。

所以有时候他们活着还不如一个普通人自在。

爱可以随意说出来，说出来也不丢脸。然而一个有家世身份背景的人是不敢轻易说爱的。有时候顾虑很多，一怕对方心思不纯，二怕说出来对方不接纳丢脸，三怕掉进去了成了花边新闻，名誉和地位都不保。

等到很多东西可以放下，能有点闲暇又作为普通人的时候，他们再转身追求情感的安慰。

那时候通常人生过半，青春已逝。

斯人有没有远去呢？

我看到那个男人发给我朋友的一段文字：年轻时忙于事业不曾顾及感情，现在什么都有了，才发现只空留我一人。

这大概就是他的心里话吧。

年轻时他带着征服世界的雄心，有着斜睨天下的气势，到这一刻，他只想要一个女人的柔情。

一碗饭，一汤羹，一个人的陪伴。

当生命褪去所有光辉，他的渴求也不过是和心爱的人牵手。

他在等待一个人的回复。

无比真诚，无比盼望，无比热烈，像是想找回他丢失的几十年的青春。

这份情他当然认真。

我朋友还没答应他。

有一次我看到柴静采访周星驰的片段，我想可以当作一段五十岁男人很好的注解。

作为一个被很多年轻人追捧的导演，他在电影中的很多台词被奉为经典。

我想那些台词一定是他自己心里想说又没说出来的话，他必须要借助其他方式，借助一种艺术形式来表达。

从星仔到星爷，一方面是江湖地位的一种尊崇，代表他奋斗过的路径，从另一面来说，何尝不是一个人的一生？生命从青春韶华到达天命之年。

事业上的成就也意味着有所牺牲。

因为他至今独自一人，柴静问你还渴望婚姻吗？

星爷反问："你觉得我还有可能吗？"

在镜头里，周星驰一头白发，笑容还带着一丝羞涩。事实上很多有才华的人通常比普通人单纯，所以在情感上多情也伤身。

他会执着于某件事，像对电影的热爱一样。

当然他也会执着于某个人和某段感情无法走出来。

他说："在感情上，我运气不太好。"

柴静说："怎么会，曾经有一段真挚的感情放在你的面前，你没有珍惜而已。"

星爷说："我觉得是运气不好，假如可以重来的话，我就不会那么忙了。"

"你要把时间留下来干吗呢？"

"干我喜欢干的事情啊，因为在那个时间段，我的印象中只有工作，但是突然之间就发现我现在已经是五十岁了，有些事情我好像还没有做过啊。"

所以十九年后，他让唐僧把十几年前至尊宝没说过的那句话说了出来。

"我看到你的第一眼就爱上你了。"

"爱多久？"

"一千年，一万年。"

但是星爷说："一万年太久了，所以就别等那么久，有什么事情要及时去做。"

柴静问，为什么要用多年前的这句话。

"这可能是我对这句话有情结吧。"

"我可不可以理解，这是一个不由分说的想法，就是说出我人生中想说的这句话。"

"对，你也有这个感觉吗？"

"有啊。"

"谢谢你啊，谢谢。"他对她说谢谢，因为她的懂得。

她懂得，是因为她也已经看透，也已经了悟。

面对渐行渐远的青春，却无法忘记有这么一个人，

曾经如此靠近我们的生命，

却丢失在了滚滚红尘中……

我们丢失了我们人生中最重要的那个人，

以及和她有关的那部分人生，

却没法对她说出那句最重要的话。

我们总是来不及，

总是在她转身离开之后，才能说出来：

"我看到你的第一眼就爱上你了。"

而她却永远都无法再听见，这个声音。

那段经典台词："曾经有一段真挚的感情放在我的面前，我没有珍惜，等到失去的时候才后悔莫及。"

说的是不是你我？

据说有一次周星驰知道朱茵也下榻同一家酒店，就在大堂那里静坐了几小时等她，但是朱茵从后门走出。

她不愿相见。

而报上曾经留有一张照片，是周星驰在西安拍电影时，骑着一辆自行车的照片，那时的他长发飘飘，很年轻。后座坐着一个人，但是因为被他的身影挡住了，所以看不清她的脸。

媒体纷纷猜测此人是莫文蔚或是朱茵。

星爷笑而不语。

他爱过的人他知道。

他怀念的人他也知道。

有些人的名字原本就不用说出来，放在心里就好。

那年相遇，他青春正好。

他们都青春正好。

只是时光太匆匆，转眼而逝，握不住流年。

电视剧《你迟到的许多年》中王大夫安慰莫莉说来日方长，劝她别感伤。

莫莉说："'来日方长'这句话辜负了多少人，我们都被辜负了。"

来日方长到底有多长？

其实人的一生很短，短到难以预见，短到难以再相见。

以为一切还来得及，以为只是短暂的分开，时间的洪流却把两个人推到了各自不同的方向。

我们以为丢失的是一个人，

事实上我们丢失的是一整个人生，

和她不再相遇的人生。

我们越走越远，

——直到我们生命中再也无法遇见。

却永远无法停止想念，

在那漫长的一生里。

每个人心里都有一亩田

宁宁 32岁 媒体从业人员

那些铿锵有力的誓言，那些缠绵悱恻的情书，在这个年代都已消失不见。

每个人心里都有一亩田，用它来种什么？
是否还能种出桃李和春风？
或者是一季荒芜的草，就任由它疯乱地长着？

这个时代，所有的一切都如此迅捷又如此仓促；
如此丰富，也如此贫瘠；
如此密实又如此宽空。
总好像什么都唾手可得，又好像你想要的始终都没有得到过。
你从一个城市迁徙到另一个城市，在每个地方都只是稍作停留。
那些深藏内心的情愫，始终是无处可说。

这个时代我们移情太快，忘记太快，转身也太快；

这个时代我们断裂太多，破碎太多，丢失的也太多。

在这个碎片化的时代，在移动的每个城市，在漂泊的人群里，我们难以拼凑一个完整的美好故事。

而遗忘一个人，确实好像已经不再需要时间。

为了下意识躲开那些悲伤，我们宁肯选择孤独一生。

当我们选择包裹自己，也意味着在那一刻所有的都结束。

还没开始就已经结束。

当我们已经不再祈求，生命还会剩下哪些期待呢？

一切都苍白至此。

那些铿锵有力的誓言，那些缠绵悱恻的情书，在这个年代都已消失不见。

我再也听不到一个人对另一个人深刻的想念。

很多的爱都浅尝辄止。

这是一个无力承担一切的年代，我们都如此畏惧承诺。

有多可悲呢？你即使想写一封情书，终究还是无处可寄。

想说的话只能反复对风默诵；

你想的那种诗意的生活没有出现；

你反反复复地纠结，可是始终问不出那句"为什么"？

就像这个无语的时代，你终于体会到这一刻的悲凉。

因为你心里的那一亩田，始终是一亩荒田而已。

你只是希望那只南飞的燕子，衔着颗野草的种子，不小心掉落在那片田地上，希望来年那荒草中，还能开出一朵零星的野花来。

点缀那荒芜的人间吧，人心已经荒芜得没了颜色。

最好的结局

岁月催人老。

催人老去的有生活中的种种、婚姻中的种种、世态中的种种。然而却有各式各样的难舍难得、不离不弃，甚或打打闹闹。也欢喜，也嗟叹，得到和失去、错落和纠结、心痛和不忿。

就这样，一辈子算是过去了。

人生来忘性大，心中留下美好的，忘却那些让自己疼的。

到了中年，活出了"平淡"两字就不容易。但求现世安稳、波澜不惊，亲人在侧、身体无碍。注昔种种，皆不如握在手心里的当下实在。

日子是实的，梦是虚空的。就如王菲所唱"梦中人/多么想变真/我在心里不禁/梦中寻/这分钟我在等——"，写的是一个人对情的炙热和追求。

王菲活得真性情，她从不掩饰她的浪漫和天真。也有很多人和她一样，都是城市里的追梦人。在追梦的同时，一路找爱。梦和爱是每个人最重要的部分。有了梦，安顿了肉身。有了爱，找到匹配的灵魂。爱情一开始美，到后来常损于"细微的小事"，婚姻也是。过日子要"难得糊涂"，有时候的分开在于太较真。所以，生活中最好的结局莫过于：你爱过我，我知道。

我想过什么样的生活，我一直知道。

我喜欢我们努力生活过的样子，彼此真心爱过的样子，在人生的这条直线上不遗余力地奔跑着。

即使下一站我们将要分开或继续，都请你记得：即使再见，江湖未老。

我们的故事一直留在记忆中，未老。

你有没有遇见过一个人

一开始的几年，我到处打探他的消息，他以前工作过的地方，他的熟人那里，然而他消失在茫茫人海里。

你有没有遇见过一个人，他第一次看见你的时候，就深深地喜欢上了你。

二十多岁时，我在《青年月刊》杂志的情感栏目上写文章。那些感情的桥段，非常的细腻，打动了很多读者。但是所有的灵感，都来自偶像剧的情节，我的感情经历其实一片空白。

我太理性，从不疯狂。当然在情感上固执地守着我的骄傲，你不主动我不过来。或者跟一个人接触时，如果想到两个人是没有将来的，我紧守着自己的内心，从不轻易让自己动心。

我认为一段好的感情，是应该让彼此笑，彼此得到无限温暖和快乐的。如若不是，宁愿从未开始。

当然也是始终未曾碰到一个人，不设心房地跟我说"我喜欢你"或"我爱你"吧。

生命中的前三十年，始终是寂寞无声花自开。寂寞是无人爱你，而你依然满心期待能遇上爱情。

　　我相信每个人的眼睛只为一件事闪光，那就是遇上生命中点亮你的他。

　　如若遇不见，也要不停地找寻，直到遇见他为止。

　　有一年，我来到一个城市，那时我刚从一个单位辞职，满心期望去创业，却屡屡碰壁，一筹莫展之际，到一家单位应聘。

　　面试那天，我穿着一件橙色风衣，系着腰带，穿着一双咖啡色皮鞋。推门进去，一个人抬起头来，非常帅气的男性的脸，在看到我的时候，眼神停顿了几秒。

　　年轻时我的外形就不是很亮眼，得到的夸奖，仅仅也是以前同事所说的"你的侧脸看过去很有女人味"。难道当时我是侧脸对着他吗？我不知道，我只知道，我一进门的那刻，我的样子就已经落到他的眼里，甚至他的心里去了。

　　我淡然地回答他的提问，我们面对面地坐着，写下我的应聘资料。

　　他看着我写。

　　他的气息乱了，我感受得到。

　　我到这家单位上班去了。

　　我们像是玩起了捉迷藏的游戏，有人的时候很少交谈，我一转身，他的眼风就落到我的身上。

　　有时候我们在电梯里遇见，他永远衣着得体，有时候是件灰色的西服，有时候是件立领的黑色毛衣，衬得他很有型。

　　我们点点头。

　　心乱了，乱的不光只是他一个人。

　　每一天都想看到他，但每一天又故意离他远远的。

在这矛盾而又慌乱之中，一天天过去。

我和一个叫小钟的业务员分配在一起。跑完小区后就打球，吃饭。他跟小钟走得很近，我感觉我所有的行踪他都知道。

有一次我们在小区推销完业务，很晚了，等着公司的车来接。车子慢慢地开过来，他下来问了些我们的情况，我瞥了一眼，看到车里坐着一个年轻女孩。我装得淡然。他看向我，目光中充满矛盾、纠结，还有些歉意。那是他第一次用这种眼神看我。我们认识两个星期，还没说过很多的话。

那个女孩是他之前所在地区的一个业务员的女儿，死活要跟着他，两人理不清剪不断。

我更加离他远远的。有一次他坐在我身边，长长地叹了一口气，我不知道这是不是叹他自己。

有一次做汇报总结，我有感而发，在微信朋友圈里发了一段歌词："风雨的街头，招牌能够挂多久，爱过的老歌，你能记得有几首，交过的朋友，在你生命中，知心的人有几个？"

第二天，他在办公室里唱了这首歌。

有一天我和小钟到下面的县里去，回到市区很晚了，下着大雨。路灯下，他撑着一把伞在那里等我们。我知道，他是等着我，为我而来的。回忆相处的每一刻，都还像发生在昨天一样，清楚地记得他执伞静静等候的样子。路灯下暴雨如注，他的身影刻在我心里。

第三个星期，他带着一些员工去西安旅游，刚好是汶川大地震发生的时候。那个星期，我浑浑噩噩，不知道自己在干什么。

回来的第二天，他在办公室看到我，我们彼此都知道想对方想得要命。

然而，我要辞职了。我给他发了条短信"晚上想和你谈点事"，他回我"好"。

他知道我终有一天要走，所以并不惊讶。晚上我们几个人去喝啤酒，吃夜宵。喝完之后他说："你们谁都不许送她，今晚我送她回家。"

我们在路上走啊走，其实酒喝得不多。但我们走得摇摇晃晃、挨挨挤挤，如此想靠近，想确定些什么。然后他很自然地牵住我的手，我并不惊讶，觉得本该如此，我知道这一天早晚会来。

他的手上长满老茧，但是那么有力，我像一个情窦初开的小姑娘一样，任由他带我去任何地方，满心欢喜。

然后他一转身把我抱在怀里，他叫着我的名字。他说："你我都是成年人了，你应该知道我对你的心意吧。"我心中轰然一声，无法再想些什么，只能安然地被他拥在怀里。

整个世界只剩下他的拥抱，风吹过，我们满足地叹息。好像在这一刻终于尘埃落定。

很多年后我常常怀念这个满心满意的拥抱。

尽管后来也有人给过我拥抱，却都没有太多感觉。这种缠绵的热烈，有力的男性胸膛散发出的热量，此生也只有他给过我。如此妥帖，带着一种稳稳的幸福感。

在他的怀里，我感到从未有过的安宁和幸福。

世上只有他，也只会有个他，以前觉得偶像剧的情节太假，现在也只是觉得以前没出现他而已。我愿意把那些情节在他面前再过一遍……然而时光不待我，再没有这样撒娇痴缠的机会了。

我们忘情地缠绵地吻着，只是不知道未来是否还有这样的一夜。

后来他开车开了很远的路来家里找过我两次。隔着我们身边很多人，很多要说的话都没说出来，只是默默相望。

后来他调到温州去，他打了电话给我。他说："你为什么没来看我？"我看不见他的脸，但我能想见他的失落，没有我的世界他依旧孤独。然而我没告诉他，我一直在等他，我面对喜欢的人也同样善于掩藏，而且总是太骄傲了。

是不是爱情总让人心生胆怯呢？我们都互相爱着，所以我们都不曾勇敢过。

再后来，他调回江西去了。我给他打了个电话，听见话筒里连绵不断的雨声。那是个春天。

就这样失去了联系。有一年我特意回到了那个我生活了一年的城市，在公司的楼下站了会儿。那里漆黑一片，他的办公室窗帘拉着，没有灯亮，像是一个故事还没开始就已经结束。我黯然地低下了头。面对这个长满回忆的地方，眼泪流下来了，但是身边没有人安慰我，我站在他曾经等我的那个路灯旁边，一遍遍想着我们在一起的过往。

他的表情，他的声音，他跟我表白时的神态那么认真，没有一个人跟我说过这样的话。那么直白，没有掩藏。原来也有人如此热切地爱过我，真好。我回忆着，站了很久。有车子开过来，灯光打在我身上，我像一个木偶一动不动。我想一直就这样站下去，直到天亮，不知道能不能等到他回来。

还来不及告诉你我也爱你，就这样离开了。还好以后的时光还很长，能记住你的模样就不再有遗憾。

一开始的几年，我到处打探他的消息，他以前工作过的地方，他的熟人那里，然而他消失在茫茫人海里。有时候侥幸地想他可能会回来找我，他知道我家在哪里……然而，十年过去了，他再没有出现过。

我们在 2008 年 3 月认识，那是个乍暖还寒的春天。一开始还数着日子，想着分别了两年、三年、五年……

可是分别的日子实在是太久太久了，现在我已经不是那个心心念念一心憧憬爱情的女生了，爱情已经不是我生命的全部。然而，如果他会出现，我仍然会扔下现有的一切，不管不顾地跟他走。

我常常想着，很多男女，在合适的时间里遇见了，结婚，生子，过完一生，都不一定是因为爱情。世人常说的细水长流、日久生情那是一个人对另一个人付出的回应。然而真正的爱情从不需要回应，你只需要站在那里，他就知是你。没有别人，再都不会有别人了。

还能不能再次见到他呢？我依然如此渴望，在这挨挨挤挤的红尘里。

每一个夜里我都思念成殇，在第二天凌晨依然会按时醒来。面对这个丢失了他的世界，等着它还我一个再见时的惊喜。

我这一生，都不知道还能不能再见他。

我只知道，当我在十年前跨过那道门的时候，我误入了他的世界，落进他眼里，至今美梦仍未醒来。

多少红尘痴心人，也只是多了一个傻傻的我而已。

你有没有遇见过一个人，当他第一次看见你的时候，就深深地喜欢上了你。

我爱你。

爱是无解，婚姻却两难

好的婚姻需要对对方的尊重，也需要自个的成长。

金庸的武侠小说里有个绝情谷，如果外人误闯进来了，会中了那里的毒，中了情毒的人是无药可救的。

世间的情无非就两种，爱和不爱。

婚姻却很复杂。

所以作为婚姻中的男人和女人，难免会失望。有人被伤了就决定把心门关上。有人却做孤胆英雄，决定一试再试，爱了再爱。

直到我们行到岁月尽头，都无法评说，遇到他，是你幸运的开始，还是你不幸的源头。

我只能说爱无解，婚姻也无解。既带给你充实的感受，也让你尝遍相爱相杀的苦果。

多少人在一个情字上误了终身，然而多少人会盼一个人的出现，用尽一生的岁月等，却未见影呢？

寂寞人生路，无非是有所期待吧。

有失望，说明你曾真爱过。

怎么说呢，婚姻是我觉得很难去评价的东西，因为没有衡量的标准。

有些看似很和谐的婚姻可能老早就已经破裂，也有些打打闹闹的婚姻当事人自己过得却很欢喜。

每种婚姻的结合点不一样，两人的相处模式不一样。

当然在三十、四十、五十岁，每个阶段如何看待婚姻的角度也是不一样的。

我有一次看一篇微博，那人和男友后来分开了，很多影迷都希望他们能复合。但是她在那里说道：她说她很幸福，她的前任是优秀的人，有人教会了她如何成为一个女人，也有人教会她成为一个成熟的人，她的现任丈夫教会她如何变成一个小孩。

但无疑，后者令她更幸福吧。

因为我看她的笑容透露出纯真、爽朗。

她无法掩饰她的快乐。

如果一个婚姻让你快乐，感觉很踏实，我想这才是好婚姻。

我看到一篇文章，作者有一次在火车上，遇到一对中年夫妇，两人的铺位在她上面，她听到两人很小声的碎碎叨叨。像年轻人一样说了两个小时，她当时就感觉这两人好幸福啊。

原来好的婚姻还要有话好说。

热闹的，有烟火气的，即使吵过后也相看两不厌的。

你就知道这样的婚姻才是有温度的。

最怕婚姻变得客气、疏离，里里外外都冷冰冰的。

我见过很多缺爱的女人，就是被这种冷漠的婚姻伤害的。

你跟她在一起，不知道她的眼睛看在哪里，心停留在哪里。你跟她在一起，就觉得是跟一个空洞的人在一起。

在人群中，我一眼就能认出这种缺爱的女人，因为她常常面无表情。

有爱的女人表情会很生动，有狡黠的神色，孩子气的动作，毫无顾忌的大笑。她活得自由自在。

被人爱着和被人忽略，表现出的绝对是两种状态。

所以我经常说好的婚姻是一定会沟通的，即使我不满，我也会通过我的方式说出来，唠叨、抱怨、争吵，总要发泄。说出来，这个婚姻还是好的，有救的；如果不说，基本无望。

因为已经心死。

婚姻失败很大的原因是很多人错看了婚姻的意义。

把婚姻看得太理想，或期望太高。

正确看待爱情和婚姻才是我们能谋生也能谋爱的基础吧。

在我看来，婚姻比爱情更多了些烟火气，说到底其实就是一种陪伴，也是一种守候。

爱情只是一瞬间的心动，难的是婚姻，几十年的相守。为什么很多人爱的是一个人，选择共度一生的是另一个人？也许只是因为她知道婚姻讲究适合，只有爱并不能长久。

当然有爱是很重要的。遇到对的人，心甘情愿地为她改变，做很多以前没做过的事情。这样的婚姻是很幸福的。

好的婚姻需要对对方的尊重，也需要自个的成长。

女人不需要做到全盘的掌控，应知道"他是他"，在婚姻中少些自认为的理所应当；也不需要"想让他成为我所希望的那个人"。

做到我有我的世界，他有他的自由。

男人征战商场的时候，应知道女人最需要的只是陪伴，这样当你面对她的唠叨的时候，你会体谅她的孤独。

他是你的伴侣，同时也是你最好的朋友。你们首先要学会倾听对方的声音。

我做教育培训很多年，学到最大的课题就是"尊重"，所有的孩子都尊重他，叛逆的，调皮的，不自信的，我尊重他也接受他，所以我们交往没有隔阂。

你有没有接受过你伴侣是什么样子呢，你为什么明明了解他的秉性，却总想把他变成你想象中的样子？

你尊重他你就会爱他，理解他为什么这么做。

他的家庭，他的经历，他的性格，造就一个不完美的他，也造就一个不完美的你。

有时候我们没必要那么苛求。

在同样的一段路程中，你需要成长，他也需要成长。

我认为婚姻最好的场景就是，我们像两棵树一样，独立成长，互相支撑，沐浴天地。

而不是我攀附着你，纠缠于你，依靠于你，像一根藤缠树一样，没意义。

爱一个人，就尊重他的自由。

很多女人常常忘了这一点，婚姻中总是以为自己找到了依靠，于是不断地去索取，一有点事情就打他电话，导致对方很厌倦。当然可能在这段关系中，女人没法获得安全感，男人也有责任。

所以我跟一个朋友说，女性一定要懂得滋养自己。不要外求，应该向内求。

自己内心一定要强大，往往越这样的女性，男人反而越尊重她，越离不开她。

很多女人丢失了自己。

要把自己找回来。如果你不知道自己是谁，想过一段什么样的人生，那么即使换了另一个男人，你的婚姻同样会有很多困顿。

所谓的男人和女人，共同的终点走向其实都是幸福。维护一段幸福的关系，我们要珍视这个旅伴。

我们决定和他共度余生的时候，都曾犹豫过，彷徨过，然而最终做出了选择。

我们经历我们该经历的，成长我们该成长的，担负我们必须担负的，然后老去。

爱给了我们一份终生的事业，也给了我们一个最大的事业合伙人。

家庭幸福才是人生最大的成功。

只要想通这些问题，我想婚姻就会少去很多左右为难，而多一些两情相悦吧。

我知道很多人对婚姻失望，包括很多男人和女人。许多人的婚姻都尚在可过和可忍之间，离那些可意的婚姻，尚还有些距离。

还在往左走还是向右走这两个问题中摇摆不定。

如果你还在犹豫，那就先别急着做出选择。

我知道每个人结婚的最初目的，常常很单纯，希望有一个人爱你一直到老。不管生老病死，他都没丢弃你，一直陪在你的身边。

只是走着走着，忘记了自己的初心。我们嫌弃他赚钱那么少，我们忽略她而成了一个啰唆的妇女；我们忘记了对方也需要陪伴，也忘记了对一个男性而言，他担负的压力和责任有多么巨大。

忘记了对她付出的体谅，也吝啬对他的赞美。

这是我们婚姻失败最大的原因。

我们最初种下了一颗爱的种子，本来是希望能收获果实的。

然而我们忘记了这颗种子也需要浇水，也需要阳光。

婚姻就是那颗果实，没有浇水的、施肥的、修剪的这棵树结出的果都是酸的。

所以，婚姻如果是你珍惜的东西，那就从现在开始好好地养护它吧。

选择婚姻的那刻我们尚且犹豫，想要做出离开的决定也不容易。

生命纵然是一个静待花开的过程，那么婚姻也是。

最怕就是我们走得太急了，没有看到花开那美好的一刻。

所有的等待都值得。

但如果你告诉我，你的内心一点留恋全无，你已经在这个婚姻中找不到当初的自己，那我就劝你好好分手，但不要恶言相向，要感谢这段婚姻让你成长。我相信你们在结束的那刻，彼此都已经遗憾。

你已足够伤心，我希望你的下一个旅程会更加美好。你总会碰到一个适合你的人。

女人求爱，男人也求爱

他最后说，其实生活的内容就是爱。

人要懂得如何去爱，这是门功课。

有一天一帮人在吃饭的时候，在座的一个男人说了一句话："女人求爱，男人求事业。"他说任何一个优秀的男人，肯定都是以追求事业为主的。

我自顾自吃着饭，但我不敢苟同。

有一天我问一个二十七岁的小伙子，我说女人是追求爱的，我发现再强大的女人，也需要身边有人爱她，她才有安全感。我问他，男人求什么。

他慎重地考虑了一下，然后认真地告诉我，"其实男人也追求爱"。

他说他在这个城市生活，始终觉得自己一无是处。是在碰到一个女孩子以后，他才想变得更加优秀，才静下来反思自己的以往和现在，还需要做些什么。在未遇到她之前，他从未考虑过这些。

他说，只是女人和男人在追求爱的过程中表现得不一样。女孩需要时时的陪伴和关怀，而男人在碰到他所爱的人之后，他更多地会把时间花在事业上，希望通过他事业的打拼给他爱的人提供更好的生活。

他说女人是很希望能被人哄的，所以男人要学会沟通，要会说话，这点很重要。

他说中国的男人是最不会表达的了，总觉得说几句情话就很肉麻。因为我们的父母就是不太会表达自己的情感的，所以子女也学不会。

他最后说，其实生活的内容就是爱。

人要懂得如何去爱，这是门功课。

这个小伙子是学美术的，但和他交流下来，我很认同他的看法。

男女并非所求不同，只是表现出来的方式不一样。

他也说那种时时要求陪伴的女孩子很烦。男人真正喜欢的是那种独立自主，在一起能让人感到很舒服的女孩子。

他说真正的爱一定是心意相通的。

我看过一个采访李冰冰的记者说，李冰冰真是变了，以前的她硬邦邦的，神色冰冷，很少说话，现在碰到她，会主动打招呼："你是不是想问我男朋友的事啊，没事你问吧。"

她说女人遇到爱情真是会变得不一样。

我也看过吴京的访谈，他说以前拍电影受再多伤都不怕，做危险动作就自己上。但是遇到谢楠后他怕了，因为有了牵挂。

以前是盲勇，现在更珍惜生命。

因为懂得了这个世界上不光只有他自己一个人。

活着就意味着责任。

我想爱是一个很好的催化剂吧。

它让一个满身盔甲的人，在遇到另一个人时，放下所有的防备，变得更加柔和、简单，回归到真实。

当你找到更好的自己后，你才真正地强大。

在我写这本书的时候，我开始整理我的记忆，发现能留在我记忆里的不是那些惊天动地的决定，而都是一些小小的，微不足道的事情。

比如初中时住校，爸妈大雪天给我送菜，骑车十几里路出现在我面前的那刻。

相识于幼小时，一个伙伴对我不离不弃的守护。

第一次等待想看见他的心情。

有一次坐火车，对着窗外的雪景，知道自己怎么也忘不掉他的时候，终于做了个要孤独一辈子的决定。

因为遇到了一个人，想让自己变得更好，竟成了我一生中最强的动力。

比那些励志的金句还有用。

张韶涵在节目里说："每个人的心里都住着一个人，我也是。"台下的人默不作声。

她唱《全世界失眠》，全场的人都泪崩。

一个人失眠

全世界失眠

无辜的街灯守候明天

幸福的失眠

只是因为害怕闭上眼

如何想你想到六点

如何爱你爱到终点

我曾想为一个人付出的那种忧心和情怀，是我一生中最不能丢弃的，也是我一生中最不能忘记的。

因为想念你，想念一起经过的场景，

想念你面对我时的窘迫和紧张，

你习惯逃离有我的地方，

总假装对我不理不睬，

然而太用力了却暴露出真相。

我想着你那慌张的时刻，

路上也能一个人笑出声来。

原来骁勇善战，在世界闯荡的我、我们，

面对一个人的时候，

也难得会有温柔心肠。

有挂念，人生也觉得幸福，这大概是一个人能坚强走下去的原因吧。

每个人都是普通人，明星也不外如是。对情有渴求，对爱有期盼：

求一点了然，求一点相通，求一点欢喜，期盼在这熙熙攘攘的尘世，我们遇见，四目相望的那刻。

所谓英雄美人，逃不过爱情宿命，也避不开红尘纠葛。

我想告诉那个饭桌上的年轻人：所幸世间的答案从来都不是唯一版本，验证它的真伪，需要的，也仅仅是以时间作为考证，他还能有很长的余生，或许他会碰到那个不期而遇的人。然后终于发现：原来我们爱上一个人的时刻——竟是我们人生中最幸福的时刻。

心有牵绊，心有归程。

醉后方知酒浓，爱过才知情重

在婚姻中，我们往往被赋予太多的身份，担负太多的责任，有时候担太久了，难免觉得疲惫。早忘了我还是一个我的存在。

"中年人的爱情，只可相望，不可相亲。"是我发给一个女性朋友的一句话。

她表示赞同。

因为每个人都身不由己。

然而唯其隐忍，更添了一股欲说还休的意味。总想到达，却始终都无法抵达。

这是一种很深的爱吧，像一壶老酒。盖子没法打开，然而那股香气已经让人迷醉。

在我年少时，我看到一句话：结婚不代表其中有一扇门就关了。

我深以为是。这世上唯独有一样东西，是没法以人的意志为转移的，就是情感。

很多人说，我没想到会遇上他。

也有很多人说，我想忘记他，但忘记他做不到。

我看音乐节目，会看到歌手在台上唱着自己的故事，台上的人唱得很动情，台下的人往往也听得很伤心。

你有没有碰到过一个让你动心的人？一定有的。

生命的际遇，就是无时无刻不在制造这种惊喜，也制造这种分离。

喜欢的人不能在一起。

陪在你身边的都不是你最爱的那个人。

这些故事的梗概，我已经听到很多遍。

我们女性选择婚姻，常常是以适合去评判一个人的，坦白来说，一切以拥有安全感为最重要。这个人适合过日子，很踏实。还加上对我好，但是爱不爱呢，你自己知道。

在该结婚的年纪，遇到一个合适的人，以为那就是爱了。这大概就是很多人婚姻的真相吧，没有心动，没有燃烧，只是尝试着了解然后就在一起了。

后来的后来，你才知道，原来喜欢和爱是有区别的。

你喜欢过一个人，但未尝有过这种刻骨铭心地思念。

想一个人，无时无刻不在你的脑海里，

无时无刻不在你的皮肉里，

你还摸不着，看不见，年年月月，

直到思念变成习惯，成为身体的一部分，

想忘忘不了，想丢丢不掉，

一想到他，就再也无法爱别人。

人只钟情某个人，跟相处时间长久没关系；跟认识早晚也没关系；跟你爱不爱有关系。有些人相望一次就刻在了彼此的心上，像沙漠里的岩画，任何雨雪风霜，都吹不走，盖不住那里一笔一画的印记。

这是件很纠结的事。

中年人的感情常有两种，一种困顿于现实，握在掌心；一种是根植于你心底的理想，悬在高处。

一个是你身边的爱人，一个是藏在你心底的人。理想对于现实太高，欲求不到；现实之于理想又太低，有时候难免叫人失望。

在婚姻中，我们往往被赋予太多的身份，担负太多的责任，有时候担负太久了，难免觉得疲惫。早忘了自己还是一个我的存在。

认识他后，总有那么些单纯的快乐，暂时忘记了我们身后还有另一个世界需要我们背负。

这像是上帝给我们发的一颗糖果吧。我相信你也有甜蜜的感觉。

我把这种相遇相知看作久别之后的重逢。遇见他，喜欢他，就像是一个跋涉很久的旅人看到了甘泉。那股清冽的滋味，夹着淡然，也有惊喜。

所以我常常会到那个朋友的店里坐坐。

因为我们可以聊聊这些生命中意外的东西，她的情感，我的故事。

这种交谈是一种我们生命本能的释放。

被一个人爱上的滋味，思念一个人的滋味，却无法宣示于人前，然而总要说出来吧，否则我们都得窒息。

讲述是一种通路。

我这个朋友是很有女人味的，长得娇小，又爱打扮，加上又是自己打理生意的，人情世故都很通透，所以很多男人都喜欢她。

男人喜欢的女人，容貌虽然也重要，但是成熟的男人，喜欢的是有见识、有底线，但又善解人意的女性。

喜欢她的男人，有作家，有电视台主持人，还有孩子学校的老师。

她是很喜欢那个作家的。

他也喜欢她，她能感觉到。

她说那个作家碰到她总是紧张，说不出话来。

我是什么时候知道他喜欢我呢？也许是他那句熟稔的话，也许是清晨五点多发过来的笑脸。

也许更早一些吧。

因为人的感觉是很敏锐的。

这个世上，喜欢一个人是藏不住的，即使刻意地不看你，但是如果不喜欢又何必装刻意？

欲盖弥彰的都是爱情。

她有一次和那个作家说了一句话："我比你大好多哦，怎么可能。"她说她把他伤到了。此后他再也没去约过她，因为爱一个人才会如此在意。

她很犹豫要不要请他喝茶。

　　我说他的微信和我互动很少，她说唯有在喜欢的那个人面前才不敢放肆和随意。

　　她说得很对。

　　有所期待，但是从未想过在一起。

　　我们各自说着各自的故事，没祈求过爱情的结尾。但遇到这个人，有过这样的际遇，这一生都深感慰藉。

　　就这样吧，很好。

　　人间有味是清欢。情何尝不是。不必浓烈，也不需相守。

　　真正的爱，必是藏于一隅的，就像我们最珍贵的东西，从不轻易地示于人前。

去看一场李宗盛的演唱会

现在他一人在舞台上，自弹自唱，自说自话，他的温情她不会回应，他的遗憾她不愿知晓。他想说的话只能说给自己听。

那天我听到李宗盛的那首《鬼迷心窍》：

曾经真的以为人生就这样了，
平静的心拒绝再有浪潮，
斩了千次的情丝却断不了，
百转千折它将我围绕。

有人问我你究竟是哪里好，
这么多年我还忘不了，
春风再美也比不上你的笑，
没见过你的人不会明了。

是鬼迷了心窍也好，
是前世的因缘也好，

然而这一切已不再重要，

如果你能够重回我怀抱。

在视频里，年轻的李宗盛还是个大男孩，当林忆莲一头披肩长发款款上来的时候，李宗盛甚至都不敢看她的眼。

那个李宗盛不是现在满头白发的李宗盛，不是这个在演唱会上唱《当爱已成往事》，哽咽唏嘘的他。

彼时，他们在一起，虽然唱的是伤感的歌，然而他们双眼明媚，青春洋溢。

现在他一人在舞台上，自弹自唱，自说自话，他的温情她不会回应，他的遗憾她不愿知晓。他想说的话只能说给自己听。

她只是屏幕上的一个投影。然而他听到她的声音飘在空中，已然触动心弦，抑制不住地泪湿眼眶。

谁能责怪谁的无情，谁又预见了谁的伤心？

他们无法同台，甚至没法像普通人一样见面问安好，只留他独自一人唱两人曾经唱过的歌。

这是不是一种遗憾，当爱已成往事的时候？

你也有过爱的年纪，心里有等过的人。有很多爱你的人，然而爱也已成往事。爱也仅仅只是你夜里的一个翻身、一声喟叹。

年少时我知道李宗盛，但我不太懂他的歌，我只知道在那个年代真的很有名。

那时候歌厅里经常点的歌就是《当爱已成往事》，只因为曲调熟悉，只是觉得这首歌流行。其实我们哪懂歌词的意思呢，对我们这些二十多岁的人来说，爱情是我们内心未曾到达又想顷刻到达的念想，更是我们所能拥有的全部渴望。

现在我们历经人事，就不会再点那首歌了，因为有内心无法触及的痛和伤感，得小心避让。就像我们明明很喜欢一个人，却总是要离他很远一样。

近乡情怯，爱何尝不是一样的道理。

迷乱纷杂，慌慌张张，你是一支乱箭，顷刻被你所伤。

来不及，没办法。

没有预料到的时刻。

很多年前一个朋友告诉我她上大学时失恋的事。那时候她男朋友打电话说要和她分手，然后她当天就坐火车匆匆忙忙赶到温州。中间过程我忘记了，只记得她说的是分手后的头一个月她恍恍惚惚，在那个月内她瘦了不止十斤，而且不能听到他的名字，每次听到别人提他的名字就开始泪流不止。

我记得她的描述，是因为我感动于她对感情的投入，没爱过的人不会懂的。

我说我很羡慕你，至少为一个人真心哭过，痛过。好遗憾，我没有。一生就有一次也很值得啊。

为爱痴狂的年纪，无所顾忌的伤心，就该这样。

我看到一个人说的一句话："恋爱不要以结婚为目的，恋爱就好好谈恋爱。"我想我就是太认真了，总是计较着以后有没有结局，总是想着他以后会不会回到这个地方来。这样想想，爱的欲望就没有了。所以我那时难怪不可爱，也难怪没人爱。

但可能真的来讲，还是不够爱吧，爱得不够才会斤斤计较。

奋不顾身才是真爱。

然而真爱何其少。

我们总是等不到那个人出现。

所以注定在那样的年纪，享受一个人的孤独盛宴。

繁花锦盛的时候，我是一朵寂寞的野百合，山下的春风拂过了，山里的春还没来。

注定晚结果。

注定看别人的欢喜落寞。听别人的故事多，仿佛总少了我一个。

生命中出现的人，要么他莫名地喜欢我，我的神经对他完全没感。要么我喜欢他很久，他对我的喜欢视而不见。总是错过，过错。古时的戏文里，年轻女子总是怕"痴心错付"，这样的小心谨慎是应该的。我看到身边有很多人栽跟头，也是怕的呀。

那时候我一贯勇敢，只有感情不敢把握。

我知道，唯独这事不是我一人说了算。

输赢对错，都是我不知道的结果。

还好，生命总是有所期待，因为没看到结尾。

等着看命运怎么安排。

唯独留下一堆听了又听的 CD，听了一首首伤感的情歌，唱和着，就这样过了三十岁的关口。

你上一次爱上一个人，是哪个时候呢？

你还记得那个时候吗？

你和他在哪里遇见，谁为谁先动心，分手的时候有没有难过？

说给我听听吧。

每个人都有自己的爱情际遇，有人爱得早，有人爱得刚刚好。

有人吃了一剂苦的药；有人用尽全身力气，没等到故事的好结局。

所以我们只有在平常的日子里，假装自己的无所谓；却在一首首老歌中，引出了自己的真伤心。

遗憾没有早点遇见你，
伤心我们的故事没有结局，
原来在这样满地都是落叶的秋天，
才知道最终和我牵手的那个人，
已然不是你。
只是认真过的年纪，认真地失过一次恋吧！
已恋的，未满的；遗忘的，过去的；
都把它当成我们恋爱的一次实习期。
我们爱得最幼稚，
然而却爱得最用心。
当我们学会如何去爱的时候，
却早已失去当初爱的勇气。
我们再不曾那样地去爱一个人了。
用了技巧的爱，远不如我们笨拙地去示爱：
虽然很朴素，却足够地表示了我们的真诚。

当爱已成往事，当青春消失得无影无踪，我只在这样一个盛大的场里，挥舞着荧光棒，唱着一首首老歌，在明明灭灭的光影中，仿佛又看到了你单纯可爱的样子。

已遗忘的，未遗忘的；

已到达的，未到达的；

已怀念的，或永远怀念的人啊！

生命是这样一个寂寞的旅程。

我看你转身离开，

我却还留在原地等你。

无往，不归。

无怨，无悔。

"然而这一切已不再重要，如果你能够重回我怀抱。"当满场的声浪扑面而来。

你在一个角落肆意流泪。

曾经的你热情如火，如飞蛾扑火般地爱着，爱过；恨着，恨过；失落着，失落过。

到这一刻也终于心如死灰。

我回来过。

我一直都在等你。

我不会再等你了。

过了今晚。

在这样一个盛大的仪式里，你和很多人一起送别过往的青春。

曾经以为都忘不掉的人，你知道总归会忘掉的。

就像每一次的情生，情死。

缘起，缘灭。

最终都会幻化成灰。

碧桃其人其事

谢谢你陪我爸爸走过了一段青春，我相信你是这个世界上他唯一爱过的人，唯一温暖过他人生的人。

"碧桃"这个名字是我小时候经常听到的，父母之间的争吵，一开始是由家庭琐事引发的，后来扯着扯着就会扯到这个人身上，由此我想我妈的心里是愤愤不平的。

因为她斗不过这个人，可自己又为这个家当牛做马地操劳，这口气怎么咽得下去。

然后每次我大姐又总是欲言又止，神神秘秘地给我递眼色。"碧桃啊！"然后她的话没说下去，像是抛出去了一个鱼饵，鱼要上钩的那会，鱼线又甩远去了。碧桃在我的心里就更神秘了。

我最烦我姐那神神道道的样子，但我每次都被她勾起了好奇心。

到今天我其实都没了解到碧桃的更多情况，我也不好意思去跟身边的人细细打听。首先我不是那么八卦的人，另外一个原因，打听父辈的感情事，总觉得是对他的不敬似的，那毕竟是我的爸爸，他在我心里可是一个很不一样的存在。

其实我爸爸也是一个普通人，或者说是一个普通男人，掉落到爱情的陷阱里也是会无法自拔的。

这是在我成年后，对感情有更丰富的深层次的感受后才得出的结论。

就像某个读者跟我说的那样，人人都需要爱和理解。

我爸爸也不例外。

后来我只能凭借我姐吐露出的只言片语，或者他们吵架时露出的话去拼凑这个碧桃的生平往来，大概知道怎么回事了。

那时候我爸在县里的粮食局开车，在山区，就如一个县长一样神气。不，或者说县长都比不过他，那时交通不便，而一个全国各地到处跑的人，见的世面比县长还多。

更不用说那时候人要想买点紧俏的用品，比如景德镇的瓷器，上海的羊毛衫和皮鞋，还有天津的自行车，都得找这些司机说些好话，等他们点头了，这件事才成。

你想我爸爸年轻时有多神气。而且我看过我爸年轻时的照片，皮肤白，长得又很帅气。特别是一双漂亮的大眼睛长睫毛，估计也是那个年代的"小鲜肉"吧。

我爸经常要从县里开车回村里，在那条路上碰到同村的碧桃，那时候她在镇上的卫生所当护士，就会捎她回家。

据说碧桃是个个头娇小的女孩，那时候还没嫁人。

渐渐地，两个人就对上眼了。

但那个年代，好上了也就是互生情愫吧。我爸之前在部队一直都是先进士兵或五好战士，而且他天生胆小，越轨的事情他不敢干。

那个年代的人，那个年代的感情都很纯真。

他们的感情起始于那条村外的公路，那条公路一直延伸到山脚下那个村庄。有时候起雾，有时候又出太阳。那段长长的路程，是我爸爸爱情启蒙的地方。

我想在那条路上飞驰是一种多么自在的感觉！

碧桃和我爸爸当时是不是有这种感觉呢？没有身外世俗的束缚，只有两个青春的灵魂的对视和碰撞。家庭、单位以及出身，统统都不在这个范畴。只是两个单纯的人在这一刻找到了心灵自由和很单纯的爱。

很小的时候我经常跟着我爸爸到很多地方去。看他坐在驾驶座里，他常年穿着一件很整齐的工作服，他的背挺得很直，手很稳地握着方向盘，那种目不转睛盯着前方的神情让我觉得他很帅。跟那些常年在村里干农活的父老乡亲，高的不仅仅是一个层次。

那个碧桃，在坐车的时候，有没有偷偷看过我爸爸的侧颜呢？

但那个时候我爸爸已经结婚，有了孩子。

那个年代都是父母包办的婚姻，很多人没谈过恋爱就直接步入婚姻。

坦白地讲，我总觉得我妈妈是配不上我爸爸的，小时候我更偏袒我爸爸一些，因为在我眼里我爸爸是一个很时尚的人，长得又好看，大概每个孩子都喜欢漂亮的物件和人吧。即使是对父母也会有偏袒。

从情感上来说，我的爸爸更符合我对爸爸的想象。

而我妈妈长得是那么普通，比如描写女性特点的形容词"温柔、美丽、端庄"这些字眼，跟她一点都不沾边。她体格健壮，嗓门很大，长着一脸的雀斑。

我爸爸生长在农村，靠当兵而摆脱了农民身份，成了吃商品粮的人。可我爷爷却一直想给他找个农村媳妇，会干农活，最好还是一家的老大，能吃苦耐劳的。

我妈刚好符合。

但是因为我妈农民的身份，我们几个孩子都跟了她成了农村户口，分到了很多田地，我爸妈光干农活就干得很苦。所以我们小的时候我爸爸是很后悔娶了这个农村媳妇的。

那时候他遇见了碧桃。

她满足了我爸爸对爱情的全部想象。

她绝不像我妈妈。

他们有没有吵闹过离婚呢？好像没这个印象了。那时候年岁小，只对吃和玩感兴趣。但我只记得我爸妈是经常吵架的，一吵架我妈就哭天喊地的。这时候邻居就会出面让我们几个小孩跪在她面前，哭着求她"娘，你别走啊"，而我妈哭着说，"为什么我的命这么苦啊"！哭喊声一直穿透每一层宿舍，那声音直蹿进每个人的耳朵，搞得所有的人都无法入睡才罢了。

年长以后，我再想我的爸爸，面对着一个不是由自己做主的婚姻，还有一帮子嗷嗷待哺的孩子，不知他有没有觉得这样的日子很沉重？

当一番争吵过后，他一个人走出这个家门，看到窗外的月色，有没有想起碧桃这个人呢？

碧桃，碧桃。

如果是你，这一切是不是会不一样？

后来碧桃渐渐走出他的生活。

每个人都有自己的路要走，碧桃是，我爸爸也是。

只可惜他们没有在恰当的时候遇上，所以命运才会让他们分开。

碧桃后来也结婚了。

当我长大后，我想我多多少少是能明白我爸当年的心情的吧。

人生中有很多的无奈，不是吗？

可是你始终是懂得的。

"碧桃，我想请你原谅我。"

老了的时候我爸妈的感情特别好。连我姐都说奇了，年轻时经常吵架的两个人，现在我爸一开口就说我妈是如何能干。"你们几个孩子没一个是比得过你妈的。"他天天都要黏着我妈。我妈哪一天出去了，他就像失了魂一样。

几十年的陪伴成了一种习惯。

其实从真正意义上来讲，我妈和我爸是很互补的，我爸胆小，很多时候都是我妈在出主意，我爸不大会干农活，我妈是一把好手。我爸能找到一个能干的媳妇，陪他风雨走一辈子，把这个家撑起来，是很幸运的事，我爸是明白的。

有时候陪我爸出去散步的时候，他偶尔还是会说起"碧桃"这个名字，这时候往往很平静，没有年轻时那种纠结复杂的心情，碧桃像是他的一个故交老友，更像是他内心里住着的一个亲人。

时光淘去了所有的爱恨和悲喜，独独留下了最珍贵的那部分记忆。

我想我的爸爸是一个很深情的人，因为在他心里从来没有忘记过这个人，即使他今年已经七十八岁了。

时间过得太快，好像一眨眼工夫人就老了。

我爸爸再也不是我记忆中那个开着车奔跑在路上的帅气青年。

他的人生从青春盛年走到了老态初现的暮年。

一切都像做梦一样，一觉醒来人就老了。

但是碧桃，在他心里一定还是初见时的样子。

那个年代几乎在每个村落、每个人的家庭、每个人的嘴里和心上，都会有"那个叔""那个婶"的存在。无数人的命运跟时代有关，爱情也常常被命运之轮甩下，尽管那个年代的人很少会跟人谈论自己的感情，活得特别地隐忍，但不代表他们比现代人薄情。有时候我反倒觉得那时候爱上一个人是一辈子的事，就像我爸爸对碧桃这样的。

我有时候看一些电视上的情感节目，很多中年人、老年人过了大半辈子，等儿女长大后在电视上寻找当初的恋人。

被父母拆散的，被命运分开的，被误会推走的。

看到很多人在讲述相识的点点滴滴，讲述分开后对这个人的牵挂和思念时，偶尔露出的开心的笑容和眼角擦去的眼泪，以及那些相见时情不自禁的拥抱。

我常常很感动。

历经风霜都不能减去爱情在他们心中的分量。

也许藏在心底的爱是你一辈子都不会忘记的，就像喜马拉雅山上的白雪，最纯洁。

在那个最纯洁的年代，这个你爱过的人，爱过你的人，相见依然还是初见的时候，还是一样的心脏剧烈跳动的感觉。

我想我妈后来不再恨那个人了吧。

我始终相信我爸爸和妈妈老了的和好是因为几十年的感情，习惯了，也认识到了对方的好。

但感情和爱情终有质的不同。

一个是对付出的感动，一个是发自本能的喜欢。

爱和感动终究是不一样的。

但有时候感情的分量也会远远超过爱情，因为人的一生，责任和义务同样重要。

但我依然相信，爱情是我爸爸人生中最重要的一部分。

也是他最不能忘记的一部分。

我陪他散步时，我们走过那条笔直的公路，我总会想起我爸爸开车经过的那条村外的公路，想起山脚下的那个村庄，想到在某个路口会有一个等着他的人；会想象我爸爸年轻时的样子，他当时那样意气风发，而碧桃就坐在他的旁边，我爸爸的心情是怎样地快乐。

那是他永远都忘不了的故乡，永远都丢不掉的爱恋。

这个人始终是别的人无法替代的，她温暖了我爸爸无比孤寂的心。

我想我爸爸每次回忆到这些，都会觉得很幸福吧。

很多人陪我们走过了一段路，也许不能陪你走完一整个人生。

可是那条我们一起走过的路，是我心里没有忘记的路。

那个坐在我副驾驶座的漂亮姑娘，是我一生的回忆和向往。

我们走过了岁月，也辜负过大半辈子的青春，唯独爱情，爱情永远不会从我们的心头走过。

爱是人一辈子都不能磨灭的记忆。

大抵是这样子的。

假如我们都不曾出现在各自的生命里

我们生来不自由，身上也有枷锁，然而遇上你是我最快乐的事。

我想爱也许就是我的出现丰富了你的生命，你也同样地丰富了我的生命。

假如我们都不曾出现在各自的生命里，也许都还过着平凡的日子，我依然无悲无喜地穿行在这个城市的每一天每一夜，日子照旧，一切都照旧。

只是生活总像是缺少了点什么……

然后你的出现惊醒了我所有的感觉，激起我全部的渴望。

还有那无所隐藏的悲伤，都一并来了。

那个九月的晚上，一帮人在吃饭，他坐在我对面，聊着聊着就突然对着我说了一句话："你也会爱上我的。"

这句话是要显示他内心的笃定吗？

还是随口说说而已呢？

那时的他，春风得意马蹄疾，拥有一大帮的女性粉，他当然觉得能收获我这个粉丝。

我没接他的茬。

如果我没给他发那条短信可能结局会不一样吧？

只是当时我不想让他太得意了，过了几天我给他发了条信息。

大意是：能被很多女孩子喜欢、崇拜，的确魅力无限，但是有点小喜欢，添点小情趣就好；别爱太多，爱来爱去嫌麻烦，如若对方认了真，既伤了身又伤了心；优秀的男人在我看来，看一看，欣赏一下，掠过就好，真落到生活的实处，不见得会有多少的妥帖和适用。

后来我又加了一句：有聪明的头脑又加上帅而不自知的高度，其实姐姐也是会很喜欢的——和一个男神共勉。

发出去以后我想这小子看到我的信息会不会恼羞成怒呢？恨我丢了他的脸面，而男人最重视的就是脸面。

隔了几天后我们碰见，在一个活动上，他在台上讲，我偷偷溜出来，感觉到身后有一缕目光粘着我，绵延不绝，无法止息。我虽然没回头但我感觉得到。

那天他就一直远远看我，打量我，像是重新在认识我一样。

其实在这之前他就经常打量我了，有时候在很大型的活动上，他的眼光破空而来，人山人海中，我也只看到他。

这是一种吸引。无法抗拒的宇宙能量对流。

活动结束后我和几个人出来闲聊，正在兴头上，他不顾形象蹲在地上叫我的名字。我有些尴尬，回过头迅速地瞟了一眼，又背对着他，用手迅速地揋了下鼻子，掩饰我的慌张。

但是那天他蹲在地上一直叫我名字的样子，就那样刻在了我的心上。九月的阳光特别炽热，那是个美好的黄昏，他蹲着的地方，还有一个乡下的石凳子，旁边开着几朵白色的睡莲。四周好静谧呀，那一刻时间停止下来了。那天他的表情我记不起来，只是觉得这个场景很美，他的声音很有磁性，我想如果是我们单独两个人在一起的时候，他也这样叫我就好了，但是下一秒我就把头偏过去，我不想让别人看出我的异样……太突然了，我以为他还会像以前那样对我不理不睬，或者看到我就甩头而去。

幸福来得太突然，我还没回过神来。

但是那两声呼喊，我想我会记住一辈子的。

虽然我没回应你，但你的叫喊我听到了，我在心里已经回了很多次。

我们最早的交集是有一次我去找他签字，他就是不给我签。

长这么大就没受过这种冷遇，结果回去的路上我忿忿地想，这小子啥来路啊，居然给我脸色看。当天晚上我把他的微信从头到尾全刷了一遍。

从来都是四平八稳的我，那一刻头顶冒出了青烟，从不浪费时间在其余事上的我，居然幼稚愚蠢地去翻查别人的微信。

后来我一个朋友一语中的，你已被他吸引。否则以你的阅历，你大可一笑置之，不予计较。

自从那件事后我们再不说话。每一次我出现，都戴着副墨镜在他面前扬长而去。他看见我，也是扭头就走。

我们是隔开一米的生人勿近。

然而私底下我们互相探究，像是碰到一个生命中难解的命题。

我想，遇到我，对他来讲，也是一个命运之外的惊喜吧。

在他生命中，遇到了太多的崇拜者，然而我是一个和他平视的人，没有仰视他，在精神上和他处于平等的位置。

这对我们来说，都是没有预料到的，却很欢喜的——一场遇见。

再后来有一件事让我确定他真的喜欢我。

有一次我有事要找他，问他在不在办公室里。

他回复我："早。"

"今日我休息哦。"

"啥事？"

他从来都不是那种多话的人，从来公事公办，不肯多说一个字。

我嗅出了一股亲密的味道。

虽说我不是恋爱中的常胜将军，但不代表我不谙世事不通人情。

何况在凌晨两点、五点给你回微信呢，不自觉把你当成了最亲密的人。

爱你就是一种不自觉。

他以为他掩饰得很好，但我看出来了。

我们有时候在微信中会聊几句，聊一些观点和看法，惊人的相像。

他惊奇于我的侠义和对事物的大度，我喜欢他的真实和不掩藏。

有时候隔着人多，虽然只打声招呼，然而我们都感到对方的关心如此贴切。

　　有时候只有在活动上才能看见他，他在台上。他常常会用眼光快速地扫描一下我，有我在的那天他发挥得特别用力。

　　我们从来没明示过什么，然而我们都心知肚明。

　　这是一种相互的不打破的默契。

　　我们认识才不过一年，私底下单独的聚会从来就没有过，仅有的几次交集都和工作有关。然而我们像是相识已久。

　　以前我是个空壳的人，工作，生活。但是灵魂无所归依，现在好像找到了一种填满我内心的东西。

　　从前我是一个写手，大多数写的都是别人的故事，说别人的悲喜，我把我自己给忘了。

　　原来我只是带着副躯壳在人间生活。

　　现在，我的很多感觉都活过来了。

　　直到今天，我都未曾和他说声感谢。谢谢他让我成了一个更好的人，谢谢他让我的人生变得完整。

　　我至今未曾对他说出过我的心意，我想他可能都懂，他也只是没法说出来。

　　我们生来不自由，身上也有枷锁，然而遇上你是我最快乐的事。

　　我想爱也许就是我的出现丰富了你的生命，你也同样地丰富了我的生命。

　　仅此而已。

　　这个世上有很多人，渴望爱又遇不到爱，遇到爱了又不懂得珍惜爱，所以人一直都在失去和得到之间痛苦或快乐，在失望和渴望中纠结。

也有一些极端的例子，从爱的那面走到恨的。

然而我至今都没对爱过的人恨过。我觉得爱是很好的事情，被一个人像珍宝一样关注过，珍惜过，捧在手心里，即使时间很短暂，但那一刻的你，生命一扫往日的颓丧，重新焕发出光彩。

在韩剧《经常请吃饭的漂亮姐姐》中，珍雅被男朋友抛弃，被男同事骚扰，同事说她是那种逆来顺受的人，以为她的人生活该就是那样子被别人轻视的。但是有一天她被朋友的弟弟爱上，而且是很温暖地爱着，那个单纯可爱的男生把她当作心中的女神。她第一次意识到自己可以很骄傲地活着。

她跟那些骚扰她的同事说不。

爱给了她勇气，也让她足够勇敢，勇敢到一个人也有力量对抗这个世界。

爱的另一面只是不再爱了。

然而那些爱过的记忆会在你生命中发光。

就像我一直都记得他蹲在地上叫我名字的情景，永远不会忘记。

我相信我今后的一生都会怀念这个人，以及这段相遇的时光。

我这一生，有过这些，就已经足够。

即使我已经和他擦肩而过，

即使生命中我们再也没有交集，

即使生活是如此遗憾——

这一刻，我始终都无法抱怨命运这个无常的东西。

就像徐志摩在那首《偶然》里写的那样：
"你我相逢在黑夜的海上，
你有你的，我有我的，方向。
你记得也好，最好你忘掉。
在这交会时互放的光亮。"

你会忘掉我吗？
可是我却会永远记得你。

而关于那天他为何要说出这句话，"你也会爱上我的"，我想他早已爱上了我。一个人下意识说出的话其实是他潜意识里想表达的那句话。否则一桌子有那么多的人，为何偏偏是我？他自己可能并不知道，他在那刻就已坦露真心。而我坐在他的对面，其实已经解读出他的伪装，就像以前他对我的不理不睬事实上都是一种躲藏，他很惊慌。我假装没看出来，事实上我早已经看破真相。

爱情在某一刻总是会以它的真面目示人的，不是吗？

我们眼光追寻的方向，我们想逃避某个人的内心，我们总是想拔脚走向她又在最后犹豫彷徨走到了与她相反的地方，如此地想掩饰又如此心慌，却在真真假假各种逃离中逐步看清了爱情到来的模样。

逃离某个人，事实上就是想亲近某个人。

讨厌一个人是因为你已经喜欢上了他。

你很反常的样子就是你靠近爱情的真实的样子。

而我，虽然在几天后给他发了一条那样的短信，但是当下听到他那句话时，我心里做了个应答：好吧，其实我也早已经爱上你了。

我只是表面上假装波澜不惊，内心早已翻江倒海。

我不知道，他有没有听到我的回答呢。

不管你有没有听到，我想那刻我都已经触摸到了爱情。

在他蹲在地上喊我的那刻，在他说出那句话的那刻，无时无刻不在向我袒露他那隐藏着的真心。

很多人终其一生都在寻求爱，不是想要爱的那个结果，只是想要那种爱的感觉。

事实上我已经得到。

所以我并不一定要说出来。

我想一直就保留这个秘密，也并不打算戳穿他。

在命运把他推到我面前那刻以前，我就一直在感受这种悸动的心情。这种感觉如此美好，仿佛我以前从未这样活过。那么就让这种爱的感觉一直都在，并且陪我渡过那条人生寂静的长河吧。

我只愿如此。

我今生都不想与它告别。

假如我们都不曾出现在各自的生命里，也许我们都还过着平凡的日子，我依旧无悲无喜地穿行在这个城市的每一天每一夜，像棵空心菜一样。

日子照旧，一切都照旧。

就是缺少了点什么。

然而你的出现惊醒了我所有的感觉，激起我全部的渴望，还有那无所隐藏的悲伤。

都一并来了。

假如我们都不曾出现在各自的生命里，

我也祈求我还是能遇上你，就像这会儿一样。

所有的快乐和悲伤无所隐藏，

都一并来了。

假如我们都不曾出现在各自的生命里，

你走过，我也走过……

这个世界是空的。

我想和你一起看太阳

海子说："你来人间一趟，你要看看太阳，和你的心上人，一起走在大街上。"

有一会儿，我曾想把你爱上我的这个事情昭告全世界，有一会儿我确实是想那样的，然而思虑再三，我又把这个念头放回去了。

我决心守着我俩的这个秘密，不让任何人知道。

我要对这个世界三缄其口，我不说出来，说出来他们也不会懂的。

懂不了我们见面那刹那的欢喜。

你的眼神都流露出光来，你在我后面，随时留意我的神情。在我回过头之前的那一秒，偷偷地瞥过眼去，然而我的余光瞄到了，你迅速低下头。但是因为我时时都在关注你，所以其实你那些不想让我知道的秘密都不是秘密。

我们对对方总是心领神会。这好像是爱情给我们彼此打开的一扇门，我们变得无比通灵。我们是心灵的捕手，总是第一时间捕捉到彼此的信息，那些伪装，还有不自然的小动作。

不，他们都不会懂的，除非他们也像我们这样认真地，无法止息地爱过一个人。可我知道，能遇到真爱的人是很少的。不然居住在这个世界上的人就不会如此孤独。

是的。

秋天到了，你看到外面起风了吗？很可惜你都不在我身边。

但我知道，你也一样在风中想念过我。

我很确定地知道。

只是我们都没法说出来罢了。

生命有时候那么的盛大而空乏。围在我们身边的那些人，热闹的，嘈杂的，无关的，或者别人施加在我们身上的爱，都得一一应对。可你知道，这都不是我们想要的——这么盛大又虚空的浮华。

我想有一天和你走在九月的草坪上，去看看那寂静的湖水，去感受那秋风，最重要的是我们可以随意走走，还能看到秋天的太阳。那些温和的，不再那么热烈的秋天的太阳。我就想和你那样走走，不说话也有种宁静的快乐。

把那些无关的都统统丢掉吧，其实我的心里渴望的只有这安静的时光以及你。

这个热闹的世界和我无关。

可是那么多无关的人为何占据了我们绝大部分的时间呢？连一点点静处的时间都不肯给我们。

你知道的，我也知道。我们都想和世俗的人隔离，只想在这个有点凉意的季节，用我温暖的目光，包围我所爱的唯一之人。

只是我只能够在热闹的尘世想象这个画面，我想此刻你可能也在看玻璃窗上的天空，我们隔得如此遥远，心却密切贴在这一刻。

他们不会懂的，不知道心心相惜就是每时每刻。

就在时间拉下的那一刻空闲，你的影子就把我的空间覆盖了。他们不知道在梦里，在每个空下来的时间里我们已经无数次地相见。

每个都是你，在我走过的路、看到的花、听到的水的声音里，都有你，也都是你。

天上的云彩飘过是你，想着你的笑。

地上走过的行人是你，和你有很像的背影。

还有什么不是你呢？都是你。

无处不在的你，无处可逃的我。

你的每个表情，每个动作，每个声音，都被我藏起来了，我放在心里某个地方，有点空闲我就拿出来回味，有时候我想着你接到我的电话声音里流露出的喜悦，我马上就能开心起来。

你现在也在想我吗？

你也和我一样渴望九月的天空吗？

在爱上你的那一刻我经常会想起青山、草原、飞鸟，草原上开满了星星点点的黄花，多想和你一起去看一看呢。碧绿的湖水，水面上拂过鸟的影子，那是宽广的自由，你爱不羁的自由。可对我来讲，和你在一起就是自由。

我喜欢和你在一起那宽广无边的自由。

最好还能看到黄昏、落日。

那种天色渐黄渐暗的色调，是我心里一抹抹不去的亮色。

有你在的天亮、天昏，即使下着雨，那都是好的，都是世上最好的景色。

我有多久没好好看太阳了，我有多久没好好感受黄昏了。

但现在我真的想和你一起看太阳，看它升起又落下。

其实天黑了又有什么关系呢，只要你在我身旁。

你看着我嘴巴里叼着根狗尾巴草，回头朝你笑着的那刻，是否真的很傻。

是的，那是我最纯真的模样，也是遇到了爱情的我们最好的模样。

你看夕阳西下，有一道光照在我们脸上。

我们开心地笑啊，随意说话，想说到哪就到哪。

这两个傻瓜，还能有多傻。

好好活着，也要爱而不伤

原谅我们变得刻板，很多时候为了活着都要拼尽全力，有时候连爱自己都不能够，哪还有微笑留给别人？

有一天晚上一个读者在电话里头说，她昨晚看我的书看到了夜里十二点，里面很多描述感情的细节都打动了她，她说其实不管一个人到了多大年龄，四十岁、五十岁、六十岁，都希望能获得爱和理解。

那些温柔的笔触打动了一个读者的心，抑或说让一个寂寞的人获得了一些情感上的抚慰和共鸣。

而关于这个时代，更多留给人的印象只是那个孤独的背影以及渐渐失语的我们。

无话可说，通篇沉默。脸上的表情越来越生冷，有时候仿佛连笑都懒得。

原谅我们变得刻板，很多时候为了活着都要拼尽全力，有时候连爱自己都不能够，哪还有微笑留给别人？

一直奔跑在路上的我们，连喘口气都要等机会。

所以只能在工作歇息的档口，依稀记得那有一脸灿烂笑容的自己，那些丢失了的曾经出现过的人，也曾经对你付出过真心。现在在哪里？丢失了的时光以及丢失了的你我。

在路上，我们一边丢一边找寻。

总是在希望中绝望，在绝望中盼望，然后我们都得渐渐老去。冬日凉，日光短。可是天黑了过了长夜，最起码也得等到明天的太阳。

你思念过一个人吗？或者也像我一样有爱而不得的悲伤。

但起码爱过呀，有些人没有过才是真可怜。

一个人孤零零地荡着，晃着。

想找个人说话吧，四面的墙都空荡荡的。

对着这个薄情的世界，很多想说的话都没法说出来。

我只能看看手机，不小心划着划着就到了天亮。

失眠是通病，孤独的人并不可耻。

我们都学会了自言自语，都有一颗想爱又不知如何去爱的心。

可是我们都等着。

从天亮到天黑，漫长、寂寞、孤冷，还伤心，可是我们愿意等。

等那个踏上十级台阶，蜿蜒过山路，蹚过水流来到你面前的人。

那么些的不得已，很多的伤心旧事，还有那个拿得起又放不下的你。

没法爱的时光，可是也没法继续再丢下你。

丢下就什么都没有了，喝杯暖茶吧。

像我一样，尽管不快乐也得假装坚强。

好好活着，也要爱而不伤。

在天黑之后想念你，在天亮之前忘记你

我只是选择这样一种方式，纪念我曾经那样地爱过你。

好吧，有的时候我真是想要忘记你的。

当灯光点亮这个城市的时候，当夜里的山风吹乱我头发的时候。

我经常在一个无人的山上，俯瞰山下的夜色。

那灯火璀璨的人间，像是一个美好的幻境鲜活着。

思念是个孤独的境界，除了某个人，山间虫鸣鸟叫，谁都无法到这个隐秘的地方来。

但是在清晨，所有的灯光都会熄的。

所有夜里热的，冷的，平静的，躁动的，疯狂的。

所有的执迷不悟，都会在第一缕晨光破空的那刻醒来。

我要不要忘记你？

人生在兜兜转转，心是不是像这山路一样迂回呢？

上山，下山。

遇见和忘记，都一样难。

车里放着的那首歌听了一遍又一遍。

在没风的地方找太阳，
在你冷的地方做暖阳；
人事纷纷，你总太天真。
往后的余生，我只要你，
往后余生，风雪是你，
平淡是你，清贫也是你，
荣华是你，心底温柔是你，
目光所致也是你。

往后余生，假如爱上你是一种宿命。
忘记你也不太可能。
那么，我会在天黑之后想念你。
也会在天亮之前就忘记你。

我只是选择这样一种方式，纪念我曾经那样地爱过你。

在无情的年代保留一点深情

我们用所有的时间来挣钱，来争吵，来躲避一个人的真心，唯独却没有好好拥抱过那个人，以及拥抱过那段快要靠近幸福的时光。

这个年代，很多人都在快速地衰老。

刚上初中的学生，被淹没在大量的习题和试卷里。回忆自己的小学时代，那才是真正的童年，现在已经到青春的末梢。

刚刚结婚的青年，担负着巨大的生活压力，自诩自己的婚姻已经进入无欲无求的境地。

当爱情没有望穿秋水的等待，辗转反侧中难以入眠，爱情还有没有保持原有的味道？

当婚姻是两个人各捧一只手机而无法对话，这样的婚姻有没有烟火？

当你老去，你的爱情和婚姻也一同死去。

当我们意识到心态变老，是否意味着我们不再敢于冒险，不再勇于挑战，不再率真，也不再期盼还能去爱一个人。我们孤独寂寞，却没有勇气面对自己的内心，像一只鸵鸟一样把自己的脑袋埋入沙土中，无法伸出触角去触碰这个可爱可恨的真实世界。

甚至连同我们的爱恨都一同消失了。

还没等好好爱过，就先老去了。

还没等到过和一个人牵手看烟花，这个世界就已经荒芜得没了想象，这样的人生是不是很不值得？

即使做过一回爱情中的傻瓜，都好过在飘摇中浪荡了一生啊！

当我们哪一天真的老去，你有没有过后悔？

没把我们宝贵的时间浪费在正确的事情上。

我们用所有的时间来挣钱，来争吵，来躲避一个人的真心，唯独却没有好好拥抱过那个人，以及拥抱过那段快要靠近幸福的时光。

我们都活得太匆忙了，所以我们的一生都在失去。

未曾得到就已失去。

我始终都认为，爱过就是幸福的。

等待过，也是幸福的。

最怕生命中无人可等，那才是白活苟且的人生。

为了一个人心碎，也好过空洞的完整。

就像作家王定国那样，驰骋商场几十载，在房地产市场赚够了巨额财富后，又回归文坛，用一支笔撰写他的一腔深情。

也许他知道商业社会只讲究功利，而人心是要有个寄托的。

每个人心里都留有一点白月光。

所以他说：种下的白茶花，是用来等待的。

或许是等待那个踏过十六级台阶撑着一把伞缓缓过来的人吧。

有等待总是好的。

而很多年前的沈从文也说过类似的话："我知道你会来，所以我等。"

在无情的时代保留一点深情，这也许还是我们能做到的事。

为一个人傻，为一个人痴，为一个人流泪，这个世界方留下我们的一点真。

也就还记得这点真。

爱情太短，一生太长

（后记）

因为工作的关系，我接触了很多的男人和女人。他们告诉我，这个年代最缺失的是情感。所以我想写这样的一本书，把他们丢失掉的那部分人生，也包括我自己丢失的那一部分人生，给找回来。

人类对爱情的渴望，亘古就有。

正如柏拉图所说，你为什么爱，因为你欠缺。

我们天生对爱就有一种发自本能的渴望和需求，像阳光，像雨水，像面包。

唯一可以确定的是：人是为了找寻幸福而活着的。

而爱情，是通向幸福人生的一条路。

现代人的确离爱情越来越遥远了。

首先是我们的移动性越来越大，接触的人也越来越多，反而有时候不知道自己内心真正想要的是什么。爱情是个很纯粹的东西，但有时候我们自己首先就活得没那么纯粹。

人活得太匆忙，很难静心处世，自己都浮躁得要死。

还有就是越来越物质化，这些都是爱情的杀手。

试想一下，一切都以最大价值化来衡量，都想在一段很短的时间内快速找到登对的爱情，衡量的结果首先是看对方的职业、相貌、经济收入，带着这样的初心，找到爱情的概率必然低。

现代人太爱估算成本了，时间成本、付出成本，所以还衍生出一个词叫"及时止损"，把经济学理论实践在了爱情方面，斤斤计较的结果，爱情当然更难以得到。

爱情和什么有关呢？跟心动有关，跟等待有关，跟渴望有关。

也就是说，和其他的东西统统无关。

像以前很多人一样，给一个人写了三年零六个月的信，在望穿秋水中等待回信，等到秋日的花黄了，冬日的雪下了，那种等待的寂寞和惆怅，以及等到回信后的欢喜，那都是爱情最真的期盼。

我相信那样的爱情一定是很美好的。

"难"绝对是生命中幸福的开始。

就像"容易"也绝不是该庆幸的事。

对爱情也是如此。

我们在一段爱的关系中投入越少，这段关系中值得期待的东西就越少，我们就很少学会珍惜。

后来我们发现这一生我们似乎从来就没有爱过，因为我们总是浅尝辄止。

这是一件很遗憾的事。

时代在变得快捷的同时，也丢失了曾经的那份美好。

就像现在的很多人都已经不再相信爱情。事实上，我自己也觉得，爱情这个词渐渐地走出了我们的生活。

人如果太物质，灵性的东西就会渐渐消失。

而爱情，应该是来自人心深处最具灵性的东西。

爱情是两个彼此独立的灵魂的相互吸引。

除此之外，其他东西都是多余的。

交通已经越来越便捷，我们却很难跨越山海，去看看那个我们想念的人。

我们在微信上聊来聊去打哑谜，却把真实的内心藏起来。

约会越来越多，让人悸动的情却越来越少。

我们习惯把自己的内心包裹着，不打开。

在爱情方面越来越胆怯了。

反而不如古人大胆直接，用一首诗来表达情意。

《诗经》《楚辞》中有歌颂爱情的诗句，现代的人经常会提的一个词就是寂寞，甚至是比从前更寂寞。

一个丢失了诗人的年代，注定是与爱情擦肩而过的年代。

这个悲哀已经不是一个个体的悲哀。

爱情最重要的一点是勇敢，敢于直面自己的内心，很多人都难以做到。

在这一点上，女性通常比男性直率一点。但是她们也会碰到这样的问题，往往到最后，另外的一方退缩了，让一个男人放弃一切名誉和地位太难了，而女人大多数是会的。

爱情有时候也是一块试金石，它会检验出真伪。

所以通常遇到爱情也难，难就难在这两颗心都必须很纯粹，很果敢。

也有些歌颂爱情的诗，让我感受到一颗灵魂的颤抖。如闪电雷鸣，惊醒了我们的麻木。我看到了余秀华的诗。

《无题》
你能否来，打扫我的枯萎：把凋零的花扔出去
黄了的叶子剪除
但剩余的枝干暂且留着：芬芳过的途径要留着

——我的暮年就交给你了，这一颗皱巴巴的心也交给你
你不能够怪我，为这相遇，我们走了一生的路程

所以时间不多，我们要缩短睡眠
把你经过的河山，清晨，把你经过的人群
都对我重复一遍

——你爱过的我替你重新爱了一遍
然后就打起了瞌睡
心无芥蒂

这里的爱情依旧很美，等待的那个人什么时候会来？
包括作家王定国写的《那么热，那么冷》《敌人的樱花》，

都写到人们丢失的情感。我们的情感从未死去，只是丢失了未找回来。

文学没有消亡，那么爱情就永远不会死去。

在每个人的心里。

2019年的新年，我在长滩岛度过。这个酒店在海岛的最里面，所以游客不多，很安静，这让我暂时远离了那些喧嚣的人群。

我在这里度过了闲适的一周，每天早上六点多就到海滩上，看太阳从水平面上升起，然后中午回去休息，黄昏的时候又出来，绕着海岸线走一圈。

我在这看潮涨潮落。

在这里开启了我新一年的人生。

有时候我看到一些异国女子在海边嬉水，祖露着黝黑紧实的皮肤，和他们的外国男友在一起，扑腾在升起的潮水里。

有几个来自国内的中年男游客，有一个在挖沙子建城堡，有一个在低头看水中浮游的生物，还有一个爬上了礁石下那个秋千架，快乐得像个天真的儿童。他们在这里找到了久违的轻松和快乐，暂时忘记了国内那高昂的房价，日益上升的物价，无休止的会议、项目和考核。

有一只灰色的海鸟扑棱着翅膀，很优美地滑翔在海面上，它露出纤细的像天鹅颈一样的脖子，探着头，享受着这一个黄昏的世界。

在这种慢节奏的国度里，我们才能找回一种内心的平静。

像这永恒的大海。

这里的海滩是我见过最干净的海滩，带着一种温柔的神色。海水是那种淡淡的蓝，透明而没有一点杂质。它匍匐在你的脚下，用一种自然的、温和的方式拍打，从不急促。而远处是黑色的礁石耸立，再远处是山，再远是望不到头的天边。

与天接连处仍是大海。

这让我想起了地老天荒这个词。

而脚下那白色的沙子，踩在上面无比的柔软，让人感觉到一种久违的柔情，在心底铺陈而来。

这里温柔的场景感染了我，让我卸下了一些紧张和疲惫。

以及执着过的、念念不忘的、无数个夜里辗转难眠的失落——在这里我只是感受到了一种海阔天空般的自由。

事实上，爱就是一种自由，一种内心无拘无束奔放在自由世界里的东西。像火山下的熔岩，像起起落落的潮汐，跟这个天空、大地如此紧密地联系在一起——在这个世界上生活的人没有谁活得更容易，每个荣耀的背后都隐藏着难以言说的寂寞和痛苦。

很多孤单的灵魂，他们也渴望着靠近，也想温暖另一颗心灵。

在这快节奏的时代，人们为生存失去了很多足够的精神空间：信仰、希望、爱情，包括没法顾及自己丢失的那部分内心。

然而他们依旧卑微地存在，熬过每一天的艰难，等待明天。

作为一个个体，既享受这个时代带来便捷的同时，也明白，为了那便捷的效率，丢失掉一些是必然的。比如时光雕刻的美，比如缓慢而来的情感。

美好的东西需要时间的浸润，才会具备品格。

爱情也一样。

那些忧伤的、甜蜜的、苦痛的、难以抑制的情感，要在停留下来的那刻才能细细品味。

缓慢，才能永恒。

我们总是在没有做好任何准备的时候就遇见了一些人。

也在没有做好任何准备的时候就离开了那些人。

我们不断得到，也不断失去。

当有一天，我们经历过所有的一切，明白自己最终想要什么的时候，我们才会做出选择，有所舍弃。

只是那天，我们是否还能在这山海间相逢？

问候一句：原来你还在这里。

我只希望，那时候的我，还不算太老。

而见到你的心，还依然能怦怦直跳。

我爱每一个出现在我生命中的人，无论他带给我的感觉是悲还是喜。

但最起码他带给过我这种爱的感觉，是真实的。

我相信我痛苦过，另一个人可能也曾有过痛苦。

当你思念的时候，他思念的可能比你更深；甚至我还知道每个人来到这个世界，都是为了寻得一份美好而来，否则我们不必如此长途跋涉。

每个人都如此渴望幸福，仰望幸福，想更多的靠近幸福。

我只是选择了谅解，谅解一切的人和事。

请原谅我的情不自禁。

对爱的那份渴望和真诚，一直以来都没有改变过。

我相信很多人和我一样的——内心执着。

只是爱情总是太短，一生却太长。

我们无法主宰一切；所以我们在无意间得到的，也可能会在无意间就此失去。

如此遗憾，如此可惜。

我只是觉得在这样的景色里，我找到了一种久违了的从容自在的力量。我觉得我应该和过去的自己、过往的遗憾握手言和。我应该放下些什么，也应该再找寻些什么。然后大踏步地，头也不回地朝前走去。

应赛红

寄语读者

海光（中国传统文化学者）

在这本书中，我们可以发现曾经的自己和现在的自己，或许我们都是书中的角色。在作者的笔下，这些闪耀着灵动语思的文字触动着我们的内心，令人深深感动，激发我们对婚恋观的审视。我们处于一个前所未有的时代，一个貌似颠覆传统，又在呼唤回归传统的时代。在这几十年中，中国人的婚恋观产生了不小的裂变。在这里，我作为本书最初的读者之一，与读者朋友做一个交流。这个时代，我们的人生观包括婚恋观是混乱的也是多元的，想究其原因，我们就需要回顾历史和我们的传统文化。

一、重拾我们的信仰，帮助自己建立起正确的婚恋观

中国传统思想强调道法自然，天人合一，从道的层面讲，有其根本上的合理性，因为自然永远是对的，人类不能违背自然。这正是中华文明极具生命力的原因所在，也是中华文明能如此辉

煌，延续五千年而没有中断的原因所在。中华文明历久弥新，在当今时代更是焕发出巨大的活力。

传统社会中存在着轻视妇女、包办婚姻等现象，常常被诟病为陋习；但也应看到，中国古代讴歌真挚爱情的文艺作品代代相传。实际上在中国古代社会，人们对爱情有着切身的体认，这类文艺作品被大众所推崇乃表明在人民大众意识中有对爱情的执着追求。

一百多年前，中国处在"三千年未有之大变局"的关头，中国人的价值观受到了来自西方的冲击。尽管在历史的长河中这是短短的一瞬，却使得中国人在华丽的西方物质文明面前产生了百年的自卑，进而对自己的文化传统产生了怀疑和否定。一百年前任由一批学者一时的矫枉过正，把"婴儿和洗澡水一股脑儿泼了出去"，加上长期以来的文化自戕，让很多中国人失却了对传统文化的自信乃至滑向了崇洋媚外的一端。

几十年来，社会思潮后浪推前浪，我们不妨理解为这是人们在不断地探索信仰定位。社会思潮难免走入各种误区，婚恋观也不例外。近几十年来在婚恋方面乱象纷繁，即为这个大时代背景下的产物。

中华文明具有强大的生命力和合理性，这可以解释近代中国为什么能够绝地逢生，当代中国为什么能够在短时间内取得巨大的成就。我们还需要认识到，现代西方社会显露出千疮百孔的衰落迹象，这可以反衬我们的传统价值观具有根本上的合理性。

近年来，传统文化渐入人心、强势回归。深入了解祖国的传统文化，重拾我们的信仰，能够帮助我们建立起正确的婚恋观。

二、中国古代的婚恋观基本上是循礼而行的

当代中国女性在男女平等的原则下社会地位得以迅速提高。本书作者以她工作的便利性观察发现，女性的觉醒程度和成长速度在整体上大大超过了男性。本书就是在这样的背景下，从一个角度记述当代中国男人和女人的情感经历和他们的探索。

中华文化强调道法自然，中国古代的婚恋观极重视伦理道德，基本上是循礼而行的。《诗经》中"关关雎鸠，在河之洲；窈窕淑女，君子好逑"的名句，表达了上古时代青年男女对待爱情的态度和择偶观念，一位举止安详稳重的淑女，是值得一个好男人（君子）去追求的。这里描写的男女双方所倾慕的对象标准贯穿于整个中华文明的漫长历史当中。这首诗所描绘的场景体现的正是中华文明对自然的赞美和模仿，中华民族重视出乎自然的风度美和品行端淑的内心美，更要求两者达到完美的统一。

然而在我们当今的时代，不少人一切向钱看，婚姻成了一场交易，而忽视了对方的道德人品，对于双方是否情投意合也不那么在意，不能不说是一种大倒退。对社会这是一种负面能量，对于个人和家庭则可以导致婚姻的不和谐、不圆满。更可悲的是，我们这个时代的不少人，误以为自己站在了历史的文明制高点，被传统社会的一些陋习一叶障目，看不到传统文化中的优点，对于传统的婚恋观念持任意的批判和否定的态度。这是值得大家注意和警惕的。

传统的婚恋观重视门当户对。一分为二地看，在具有一定

合理性的同时，也阻碍了一些真挚爱情的结合并促使了社会阶层的分离。

古代中国人的婚姻似乎疏于恋爱过程，"父母之命，媒妁之言"，多由父母包办。其一个方面的合理性解释是古代成婚年龄小，子女还缺乏分辨能力。但这种婚姻的爱情应该还是有的。古代社会仍有一部分的自由恋爱、自主婚姻。中国古代社会男尊女卑，一定程度上以牺牲女性的权益换取婚姻的稳定，维系社会的稳定。中国传统社会的门当户对，多指经济和社会地位的对等，当代社会的门当户对实际上包含了注重双方才学品德和价值观等个人因素的考量。

西方社会号称崇尚纯粹的爱情至上，为爱情可以舍弃一切，婚姻完全以爱情为基础，可以不论出身门第和其他方面的基础。但当今西方社会，这种美好情愫日渐式微，婚姻不够严肃也不稳定，及时行乐反而成为许多人的标配，离婚率高。这种所谓纯粹的爱情至上主义，历来有颇多争议。人们认识到，西方社会这种貌似浪漫的爱情观固然有美好的一面，但婚姻维护起来并不容易，对双方往往有很大伤害。需要双方有高度的责任感和自律，这恰恰需要儒家文明礼义的约束，可是崇尚自由的西方在这方面却有着先天不足，无法自我拯救。

当代中国，继往开来，我们能够在这方面为世人树立典范，因为我们有中华文明的深厚底蕴。

三、我们追求真挚的爱情，同时我们肩负责任

我们处于一个伟大的时代，这个时代的纷繁复杂也很容易迷

惑我们的双眼，无论是学术界的争鸣，还是社会思潮，时刻都在冲击着我们的观念。要注意加强学习和思考，要站在大历史的高度看问题，才能看清来龙去脉。我们的文明史也不是那么轻易可以被否定的。

我们追求真挚的爱情，同时要意识到肩负的责任，对家庭的责任、对社会的责任。我们要加强自己的修养，实现和爱人一起成长。儒家的五常"仁、义、礼、智、信"明白无误地指明了一个人的为人处世之道，用在家庭方面，同样恰如其分。

对爱人需要呵护与尊重，宽容与了解。《礼记》中有一句话，"爱而知其恶，憎而知其善"，意思是爱一个人不可只知对方的优点，也要知道对方的缺点，讨厌一个人不可只知对方的缺点，也要知道对方的优点。这是夫妻相处之道的坚实基础。

我们应该重拾传统文化中的人伦道德精华，不妨简单地理解五常："仁者爱人，互相关爱"；"见德思义，勇于奉献"；"处事有规，以正为本"；"明白是非，为大智慧"；"诚实守信，人之根本"。相信对于创建和谐社会，树立蕴含传统文化合理内核的中国婚恋价值观，必将大有裨益！

图书在版编目（ＣＩＰ）数据

我的心里住着一个人 / 应赛红著 . -- 北京 : 台海
出版社 , 2020.10

ISBN 978-7-5168-2632-4

Ⅰ . ①我… Ⅱ . ①应… Ⅲ . ①随笔－作品集－中国－
当代 Ⅳ . ① I267.1

中国版本图书馆 CIP 数据核字 (2020) 第 095857 号

我的心里住着一个人

著　　者：应赛红

出 版 人：蔡　旭　　　　　　　　封面设计：云　海
责任编辑：曹任云

出版发行：台海出版社
地　　址：北京市东城区景山东街 20 号　　邮政编码：100009
电　　话：010-64041652（发行，邮购）
传　　真：010-84045799（总编室）
网　　址：www.taimeng.org.cn/thcbs/default.htm
E-m a i l：thcbs@126.com

经　　销：全国各地新华书店
印　　刷：北京柯蓝博泰印务有限公司
本书如有破损、缺页、装订错误，请与本社联系调换

开　　本：880 毫米 × 1230 毫米　　1/32
字　　数：150 千字　　　　　印　　张：7
版　　次：2020 年 10 月第 1 版　　印　　次：2020 年 10 月第 1 次印刷
书　　号：ISBN 978-7-5168-2632-4

定　　价：39.00 元